AF318501

BIBLIOTHÈQUE DES ROMANCIERS CONTEMPORAINS

LES GUEUX

PAR

PIERRE ZACCONE

PRIX : 90 cent.

PARIS

LIBRAIRIE DES CÉLÉBRITÉS CONTEMPORAINES

11, rue Jacob, 11

LES GUEUX

GRAND ROMAN HISTORIQUE

Par PIERRE ZACCONE

I

LES MOISSONNEURS.

La ferme de Kergaree s'élevait, à cette époque, à l'entrée d'un bouquet de châtaigniers près de Plougasnon, petit bourg pittoresque de la Basse-Bretagne. Elle se composait d'un vaste bâtiment avec deux ailes en retour, formant une cour spa-cieuse; ces deux ailes étaient jointes par un mur de clôture qui fermait la cour dans laquelle donnait accès une large porte ogivale sans couronnement. A l'un des deux angles se dressait une tour. Cette sorte de belvédère était percé de quatre ouvertures surbaissées, d'où quatre points de vue différents s'offraient aux regards. Au midi, l'œil s'étendait sur de vastes champs de blé; du côté opposé, s'étendaient de grandes landes nues; plus loin, de beaux pâturages tondus par ces petites vaches dont le beurre est si estimé; enfin, dans le fond du tableau, des marais plantés d'ajoncs, nourriture précieuse pour les bestiaux pendant l'hiver. Au levant, la contrée était coupée de bouquets de hêtre, de châtaigniers et de chênes. Au couchant, le spectacle était morne, sévère, imposant; le regard s'y promenait sur des masses grises de granit, collines rocheuses qui présentaient un aspect tourmenté. Le sol y était, à chaque pas, haché d'accidents et creusé de ravines et de précipices. Un torrent bondissait avec un bruit sourd et monotone, et, au bas du versant occidental de ces hauteurs, se déroulait la mer houleuse, l'Océan grondeur, si souvent furieux sur ces côtes. Tel était le paysage qui environnait la ferme de Kergarec.

On était à l'époque de la moisson. Une activité inusitée régnait dans les terres à blé. La serpe couchait, de tous côtés, les épis dans les sillons, et les gerbes s'amoncelaient en meules sur l'aire.

Vers la tombée du jour, les travailleurs rentrèrent des champs et pénétrèrent en file dans la ferme. Bientôt après, les échos mugirent et l'on vit revenir des pâturages tout le bétail, qui fut enfermé avec ordre dans les étables et les écuries. Bouviers, chevriers et pâtres, s'introduisirent à leur tour dans l'intérieur du logis.

Si le lecteur veut faire connaissance avec quelques-uns des personnages qui doivent le plus agir dans ce récit, il les suivra un instant avec nous.

Les travailleurs et les garçons de ferme sont entrés dans une grande salle basse formant un carré long, où doit être servi le souper.

A l'un des bouts de la salle s'ouvre une large cheminée dont le vaste manteau protége plusieurs siéges rangés près du foyer.

Un des siéges est occupé par un grand et noble vieillard qui a nom Lebras, et qui est le maître de la ferme.

Sa stature est haute, son visage doux et sévère. De longs cheveux blancs tombent sur ses épaules, et sa tête est couverte d'un chapeau à larges bords.

Le vieux Lebras vivait paisiblement sur ce coin de terre, partageant, durant les derniers jours que Dieu lui accordait, les plus tendres sentiments de son cœur entre sa fille Dinah et son fils Tanneguy.

Dinah n'avait encore que quinze ans; mais l'air vivifiant de la campagne l'avait développée de bonne heure, et c'était déjà une des plus belles jeunes filles qu'il y eût sur la côte. Elle était grande et forte comme une plante sauvage, et la peau de son visage et de ses épaules avait cette couleur brune et veloutée que revêtent les fruits à l'approche de l'automne; ses cheveux étaient blonds comme les épis au temps de la moisson, et son regard avait ce reflet mélancolique et vague de la lune pendant les nuits d'été...

Les jeunes hommes des pays voisins s'étaient empressés autour d'elle, bien des fils de famille qui possédaient de bonnes terres dans les environs, bien des riches fermiers du bourg, l'avaient fait demander en mariage, mais le vieux Lebras les repoussait toujours obstinément, et il gardait sa fille auprès de lui, comme un avare eût gardé son trésor!...

C'est que la pauvre Dinah était atteinte d'une de ces infirmités auxquelles le monde ne pardonne pas aisément, et qu'elle ne pouvait être saintement et dignement aimée que par son père ou son frère!...

Dès son bas-âge, à la suite de convulsions terribles qui avaient mis en péril son existence, sa langue s'était paralysée.

Dinah était muette!

Quant à Tanneguy, c'était un cœur simple, un esprit droit, une âme rêveuse; il aimait l'isolement et n'avait que deux affections au monde: son père, le vieux Lebras, et Dinah, sa sœur.

Tanneguy avait trente ans. Il était grand, robuste, largement sculpté. Il portait le costume breton. De longs cheveux noirs bouclaient sur ses épaules. Son visage était hâlé et osseux. Les pommettes saillaient fortement sur ses joues. Sous d'épais sourcils, deux yeux bleus brillaient doucement; ils avaient cette profondeur sereine d'un lac limpide et calme dont un rayon éclaire les eaux. Aux vibrations sonores et pénétrantes de sa voix on se sentait inévitablement attiré, comme par un accent ami. Et cependant, la compagnie des hommes troublait la rêverie de cette âme qui s'isolait volontiers, et ne trouvait de charmes que dans la solitude.

Quand la moisson était terminée, que les travaux agricoles ne réclamaient plus ses soins, Tanneguy se livrait à de longues promenades solitaires. Il aimait à parcourir les sentiers ombreux, à gravir les côtes raides des falaises, enfin à suivre sur le sable des grèves les lignes tourmentées de l'Océan, dont le flot parle à l'âme une langue que l'esprit ne comprend pas toujours...

Cependant Dinah était entrée dans la salle et était allée recevoir le baiser de son père.

Un instant après, Tanneguy rentra à son tour; le jeune homme accrocha son fusil au manteau de la cheminée, vint serrer les mains du vieillard, sourit à sa sœur, et, leur prenant les bras à tous deux, il les mena vers la table où le repas du soir était servi.

Ce fut le signal.

La prière achevée, chacun prit place; les assiettes, copieusement chargées, circulèrent avec rapidité. Le chef de la famille promena sur les deux rangées des convives un regard où brillait une affectueuse satisfaction, et il sourit au bon appétit de ces rudes travailleurs.

Puis, ce sourire parut s'éteindre tout à coup sur ses lèvres: Il venait de remarquer une place vide au bas de la table.

— Qui manque au repas? demanda-t-il avec un commencement d'inquiétude.

— C'est le Gorju, dit un des convives.

— Que lui est-il donc arrivé?

Personne ne répondit; l'embarras était sur tous les visages. Le vieux Lebras appela une des servantes.

— Pourquoi, lui demanda-t-il, le Gorju, qui est un bon et brave travailleur, n'assiste-t-il pas au dernier repas des moissons?

La jeune servante rougit.

— Qu'y a-t-il donc enfin? fit le vieillard de plus en plus étonné.

Et comme, au lieu de répondre, chacun avait baissé les yeux et hésitait à les relever, le vieillard se dressa inquiet et troublé.

— Foi de Dieu! dit-il d'une voix vibrante, que se passe-t-il donc ici, et que veut-on me cacher?

— Mais rien! notre maître, répondit un de ceux qui se trouvaient à ses côtés.

— Où est Gorju?

— On n'en sait rien.

— Serait-il arrivé malheur à sa fille. Voyons, parlerez-vous à la fin, je veux tout savoir. On m'avait conté des choses terribles l'autre jour; et vous voulez éviter de répondre, mais je ne me contente pas pour si peu, vous ne l'ignorez pas, vous autres, et je veux que vous me disiez où est Gorju?

A cette question, posée avec un ton d'autorité auquel chacun était habitué à obéir, l'un des convives allait enfin répondre, quand tout à coup la porte de la salle s'ouvrit, et un homme parut sur le seuil.

Nul ne connaissait cet homme, mais tous, instinctivement, comprirent qu'il allait se passer quelque chose de solennel.

— Vous demandez le Gorju? dit l'inconnu.

— Sans doute, répliqua le vieux Lebras.

— Vous ne le reverrez plus...

— Il est parti?

— Il est mort.

— Et sa fille?

— Morte aussi!

— Morte!... morte! Marguerite!...

Et le père Lebras s'était levé sur ces mots, et avait fait quelques pas.

— Mais qui donc êtes-vous, monsieur, ajouta-t-il, vous qui nous apportez de si tristes nouvelles.

— Je suis étranger à ce pays, répondit l'inconnu, mais je puis affirmer les choses que je viens de dire, Marguerite avait été déshonorée; désespérée et folle, elle avait fui de chez son père. Il lui semblait qu'elle fuyait sa honte; mais sa honte courait toujours avec elle. Un prieur des environs l'a rencontrée brisée, sans forces, sans voix. Elle avait erré tout un jour et toute une nuit. Elle avait tant versé de larmes, que ses yeux étaient taris. Elle n'avait plus que du sang à verser; ses mains, ses pieds, ses bras, son visage, étaient ensanglantés. Elle s'était heurtée aux arbres et aux rochers, elle s'était déchirée aux ronces et aux pierres des sentiers. Le prêtre la recueillit. Tout espoir était fermé ici-bas; il ne put lui ouvrir que les saintes espérances de l'autre monde. Ce matin, et comme elle allait mourir, son père a été appelé auprès d'elle.

— Le Gorju! murmurèrent quelques personnes.

— Ce matin, continua l'inconnu, il a béni sa fille, lui a donné le dernier baiser d'adieu; puis, le prêtre et lui ont récité les prières des agonisants; aux dernières paroles de la sainte oraison, Marguerite avait rendu le dernier soupir. Le Gorju l'a prise alors dans ses bras, le prêtre l'a précédé, l'image du Christ en main, et ils ont descendu la falaise en chantant à voix basse les prières des morts. Le ministre de Dieu a béni sur la grève un étroit espace; le père a creusé une fosse, y a descendu le corps de sa fille, puis on a jeté sur cette dépouille mortelle quelques gouttes d'eau sainte et une pelletée de terre. En remontant la colline, le prêtre pensait à ces lourdes croix que porte l'humanité, à ces calvaires de sang et de larmes sur lesquels elle est obligée de passer, et il n'entendait pas l'Océan qui se gonflait derrière lui, qui dressait ses vagues et envahissait les grèves. Le flot s'élevait en grondant, la marée s'avançait rapide, terrible! Elle engloutissait les dunes; elle submergeait les rochers. Et le prêtre continuait de monter, triste, priant, pensant. En ce moment, je suivais avec mes compagnons la route qui serpente sur le flanc des falaises; à un des tournants, je vis à mes pieds un homme à genoux, le front perdu dans le sable, priant et pleurant au bord d'une fosse à demi fermée. La mer était près de l'atteindre, mais l'homme ne s'en apercevait pas et restait plongé dans sa morne douleur. Au faîte des falaises, nous rencontrâmes le prêtre. Je lui montrai du doigt la mer immense, profonde, battant le pied des collines, et il se dressa, effaré, comme galvanisé par une horrible pensée! Il interrogea avec une avidité pleine d'inquiétude les sentiers des falaises; aucun être humain ne se montra à ses yeux. Il appela d'une voix tremblante; l'écho seul répondit. La marée avait tout englouti, Gorju avait péri sur le tombeau de sa fille.

Un murmure plein d'horreur succéda à ce récit.

— Eh quoi! morts tous les deux, s'écrièrent les paysans avec terreur.

— Morts! exclama Tanneguy, et personne ne les vengera!

— Dieu a vu le coupable, mon fils, interrompit Lebras, et lui seul est juge!

— Oui, compléta l'inconnu d'un ton presque sentencieux; mais Dieu confie quelque fois sa justice aux mains des hommes et nous serons des hommes, le jour où nous le voudrons.

II

LE COMTE DE BELLECHASSE.

L'étranger qui venait de raconter l'histoire de Marguerite, avait excité un vif intérêt. Son entrée inopinée, le charme de sa personne et de sa voix, ses gestes pleins de feu et d'élégance, tout avait séduit les paysans qui l'écoutaient.

Dinah avait surtout été frappée de sa présence. Son œil s'était d'abord fixé sur lui avec une surprise pleine de ravissement. Son regard s'imprégnait de ce candide intérêt qui saisit les enfants en face des belles choses qu'ils voient pour la première fois. La jeune fille paraissait subir un charme étrange et s'abîmait dans la vue de l'inconnu. Peu à peu son œil s'illumina d'une joie contemplative, sa bouche s'entrouvrit sous un sentiment de chaste admiration.

Elle l'écoutait des yeux, elle l'entendait du cœur; elle le comprenait de tous les sens que Dieu lui avait donnés, elle l'applaudissait de toutes les manifestations extérieures que ne lui avaient pas refusées la nature.

Dinah aimait-elle déjà l'inconnu?

Il est de ces sentiments instantanés qui pénètrent subitement une âme, et l'inondent, comme la lumière envahit tout à coup, par une fenêtre qu'on ouvre, une chambre plongée dans l'obscurité.

Une colonne lumineuse traverse et frappe d'étonnement. Mais tout le réduit n'est pas éclairé: peu à peu les lueurs se répercutent; l'éclat du jour vibre de toutes parts; toute ombre blanchit, toute obscurité s'allume et brille, tout point resplendit.

C'était donc un premier rayon qui traversait le cœur de Dinah.

Mais quel était cet homme qui avait su la charmer si spontanément?

Il avait une figure mâle qui n'était pas ce que l'on est convenu d'appeler la distinction. Ses traits, nettement accusés, couraient en lignes pures et correctes. Sa peau d'un tissu fin et délicat, était légèrement hâlée. Il avait la lèvre mince et arquée; sous ses narines, que l'énergie dilatait, une fine moustache relevait ses crocs déliés comme les coupait la mode du temps. Le front était d'une pureté marmoréenne et l'on sentait que la pensée y habitait et dévorait toute la vie autour d'elle. Cette pensée avait sa manifestation active ou recueillie dans deux grands yeux d'un bleu verdâtre pleins de chatoiements et d'ondulations. Ces deux yeux, selon la circonstance, avaient des éclairs fulgurants comme ceux d'une arme qui luit au soleil, des suavités humides, des sérénités profondes, des colères fauves; ce regard qui en partait, avait une puissance à laquelle rien ne résistait. Ce regard attirait le regard, comme la couleuvre attire l'oiseau. Il fouillait la pensée et le sentiment d'autrui, avec la sûreté du chirurgien qui sonde les chairs. Tantôt il coulait comme un doux rayon dans l'âme de l'interlocuteur, tantôt il pénétrait froid et acéré, comme la lame d'un poignard.

Mais d'où venait cet homme? Et où allait-il?

Lui-même ne le savait pas.

C'était une fantaisie vivante.

La vie s'épandait fortement au dehors; elle absorbait tout autour d'elle, et dominait les autres existences. Cet homme était chef. Il est de ces royautés individuelles qui détruisent les royautés dynastiques.

La naissance fait quelque fois le rang; le caractère fait toujours la position.

Le comte de Bellechasse commandait et nul n'osait lui discuter son titre ni son pouvoir, bien qu'il n'eût jamais produit ses états de noblesse.

Son costume était gracieux et sévère. Il portait un chapeau de feutre noir à bords légèrement relevés. Une sorte de veste de chasse dessinait sa taille svelte et souple que serrait un ceinturon de cuir jaune. A ce ceinturon pendait une courte épée de fantaisie. Une culotte de velours d'un vert sombre, moulait sa jambe d'un galbe parfait, de légères bottes en cuir fauve faisaient résonner leurs éperons sur le roc du sentier.

Les trois hommes qui accompagnaient le comte de Bellechasse formaient avec lui un étrange contraste.

Le premier ressemblait assez à Silène.

Il était gros, gras et court. Jambes charnues, ventre pansu ; épaules puissantes ; menton de chanoine du temps, lèvres sensuellement épaisses, nez vermillonné, tout cela aurait fait un assemblage rabelaisien, si des mains petites, fines et délicates, de grands yeux rêveurs, un large front un peu fuyant et d'une pureté poétique, n'eussent ennobli et relevé cette physionomie vulgaire. C'était un poëte élégiaque. On n'eût jamais deviné la poésie des larmes sous cette face joyeuse et rubiconde, si ce n'est que les habits du poëte, affreusement délabrés, chantaient, à travers les accrocs et les déchirures, une foule d'élégies lamentables.

Derrière le poëte s'avançait une tête mélancolique et pâle. C'était un ouvrier, nature forte et vigoureuse, mais triste et pensive, taille bien prise, traits caractérisés ; peau brune et longue barbe noire tombant sur la poitrine.

Le troisième compagnon du comte était resplendissant de bonne mine. Il avait une aisance cavalière qui fut tout de suite admirée par les gars de la ferme. Les jeunes servantes jetaient un regard plein d'une amoureuse envie sur cette belle statue fièrement campée ; et puis notre personnage avait des moustaches aux crocs si victorieux ! Quel cœur de jeune fille n'eût pas voulu se confier à ce vaillant cavalier qui portait à son côté une rapière si longue et si rassurante ! Cet homme avait la physionomie ouverte et franche. La loyauté se lisait sur tous ses traits ; ses yeux gris avaient des regards d'une inquiétante hardiesse, faits pour inspirer le respect de la part des hommes et pour troubler le cœur des femmes.

C'était un soldat.

Ces trois hommes, que le hasard avait rassemblés, s'étaient donnés des noms d'aventure.

Le poëte s'arrogeait à lui *Horatius Flaccus* ; il avait donné à l'ouvrier la poétique et symbolique appellation de *Vulcain*. Le soldat, qui avait appris l'histoire romaine à la Comédie-Française, avait puisé son nom dans une tragédie de Racine, et s'appelait *Burrhus*.

Cependant, le premier moment de stupeur passé, Tanneguy, qui avait à peine balbutié quelques mots jusque-là, releva tout à coup la tête et jeta à Bellechasse un regard d'une fixité sombre.

— Des hommes ! des hommes ! murmura-t-il d'un ton contenu. Ah ! cela est vite dit, monsieur, et vous ne savez pas, vous, à quels misérables nous avons affaire, et quel joug pèse sur nous.

— Il faut le secouer.

— Et comment ?

— Vous êtes jeune, fort, courageux, et vous me le demandez.

— Mais vous ignorez donc ?

— Quoi ?

— Cette pauvre Marguerite.

— Eh bien ?...

— Celui qui l'a déshonorée, tuée.

— Achevez.

— C'est le duc d'Amboise.

— Et cela vous fait peur ?

— Moi !

— Enfant ! et si vous hésitez ainsi, savez-vous, vous-même, ce qui arrivera.

— Que voulez-vous dire ?

— Vous avez une sœur, n'est-ce pas ?

— Dinah !

— Elle est belle, elle est pure, elle fait votre joie et votre orgueil.

— C'est la sainte des saintes.

— Aujourd'hui ! mais demain ?

— N'achevez pas !

— Que le duc d'Amboise la voie.

— Lui ?...

— Qui sait s'il ne l'a pas vue déjà !

— Que dites-vous ?

— Qui sait si son âme damnée, le misérable bossu Yvonnic, l'oiseau de malheur, ne plane pas déjà autour de cette demeure, pour guetter et surprendre une si belle proie.

— Ah ! si je savais cela.

Tanneguy avait fermé ses poings et regardait Bellechasse d'un air de défi.

Mais, à ce moment, un bruit vint interrompre le comte ; tous se retournèrent vers la porte, et un même cri leur échappa, à la vue de celui qui leur apparut sur le seuil.

— Yvonnic !...

C'était lui, en effet, le bossu dont venait de parler Bellechasse ; un petit homme vif, frétillant, l'œil vipérin, le geste fébrile, la lèvre railleuse...

Tanneguy ne fut pas maître du premier mouvement, et s'élança vers lui, la main levée.

— Que viens-tu faire ici, suppôt de Satan, dit-il d'une voix forte et menaçante, parle ! réponds, que nous veux-tu ?

Yvonnic n'eut pas peur, il souriait.

Il tira de sa poche une lettre cachetée aux armes de son maître et la tendit à Bellechasse.

Celui-ci la prit machinalement.

— De la part de mon maître, dit Yvonnic en s'inclinant avec une politesse exagérée.

— Le duc d'Amboise ? fit Bellechasse.

— Lui-même.

— Et que me veut-il ?

— Je l'ignore.

Bellechasse ouvrit la lettre, et son premier geste fut un geste de surprise.

— Que faut-il répondre à monseigneur le duc d'Amboise ? questionna Yvonnic, toujours avec le même sourire.

Bellechasse secoua vivement le front comme pour en chasser une pensée importune.

— Dis à ton maître, répondit-il avec hauteur, que le comte de Bellechasse est sensible à son invitation, et qu'il sera exact au rendez-vous.

— Est-ce tout ce qu'il faut dire ?

— C'est tout.

Yvonnic salua de nouveau, et se retira à reculons, tout en jetant un regard oblique sur Dinah, qui paraissait avoir pris un profond et sérieux intérêt à cette scène.

III

LE DUC D'AMBOISE

A deux portées de fusil de la ferme de Kergarec, sur un piton isolé, s'élevait le château du duc d'Amboise.

Une heure plus tard, dans un salon de style Louis XV de cette demeure, se trouvaient deux hommes.

L'un était Yvonnic, et point n'est besoin de faire son portrait.

L'autre était un vert galant de soixante à soixante-cinq ans. Il avait l'allure découplée, le geste impérieux, l'œil vif, pétillant, astucieux, observateur ; le nez arqué, les lèvres dédaigneuses, le sourire fin, et la tournure élégante. En un mot, c'était le grand seigneur de la fin du dix-huitième siècle, moins les idées encyclopédiques.

On l'appelait le duc d'Amboise.

— Ainsi, ils sont arrivés, demanda le duc à Yvonnic.

— Depuis hier, monseigneur.

— Et tu connais leurs projets ?

— A peu près.

— Ils nous sont hostiles.

— Sans s'en cacher.

— Il y a là, n'est-ce pas, le comte de Bellechasse ?

— Un homme dangereux, monseigneur.

— Je le connais.

— Et puis, je le crois peu scrupuleux sur les moyens de nuire, il a été témoin de la fin de Gorju et de sa fille, et il va exploiter cette histoire si simple.

— Tu as raison.

— Les paysans ne sont déjà que trop disposés à penser mal de leurs seigueurs.

— Je le sais.

— Ah ! le comte arrive dans un mauvais moment, d'autant plus que toutes mes batteries sont prêtes, et que, sans sa présence, dès demain, la petite était à nous.

— Dinah ! tu veux parler de Dinah ?

— Et de qui donc ?

— Tu l'as vue ?

— Elle est charmante, un vrai morceau de duc, que dis-je, de roi même.

— Que la peste étouffe ce Bellechasse !

Il y eut un moment de silence, le duc frappait d'un geste impatient, sur le bras de son fauteuil, Yvonnic réfléchissait, et tout en réfléchissant, il souriait

A un moment, il se rapprocha du duc, et baissant la voix :

— Monseigneur, dit-il d'un ton de confidence, n'a-t-il pas prié à souper quelques seigneurs des environs?

— Sans doute, fit le duc étonné de cette question.

— Et le souper est pour dix heures ?

— En effet.

— Eh bien, si M. le duc veut bien le permettre, je lui présenterai un convive sur lequel il ne compte pas.

— Quel convive?

— Devinez.

— Le comte, peut-être ?

— Lui-même.

— Mais qui l'a invité ?

— Moi !

— Et qui t'a permis ?

— Le désir de vous plaire, la certitude de vous être utile.

— Qu'est-ce à dire?

— M. le duc ne serait pas fâché de se débarrasser du comte, n'est-il pas vrai !

— Ai-je dit cela !

— M. le duc ne l'a pas dit, mais je l'ai parfaitement compris.

— Eh bien?

— Eh bien ! que M. le duc me laisse faire, et je lui promets que tout ira bien.

— Il n'y a pas de danger, au moins.

— Pour personne.

— Et demain, tu me l'as promis... Dinah...

— Demain, monseigneur, la petite sera à nous, sans la moindre difficulté.

Le duc haussa les épaules avec insouciance.

— Fais donc comme il te plaira, dit-il, et n'oublie pas que je te laisse toute la responsabilité de ce qui va arriver.

Yvonnic approuva de la tête.

En ce moment, un timbre retentit dans les appartements.

— Va voir qui est là? dit le duc.

Le bossu sortit et pénétra dans un petit salon qui précédait la pièce dans laquelle se trouvait le duc d'Amboise.

Dans ce petit salon, se tenait un personnage dont le visage se cachait sous un large chapeau à bords tombants.

Quand il se débarrassa de son chapeau, découvrant ainsi ses traits, Yvonnic pâlit, et eut un tremblement nerveux.

Le personnage sourit de cet effroi.

C'était le comte de Bellechasse.

Le bossu reçut le chapeau et se retira promptement. Mais il n'était pas au bout de ses terreurs, car en entrant dans les antichambres, il devait se trouver face à face avec les trois compagnons ordinaires du comte.

Cependant, le comte de Bellechasse était demeuré dans le salon d'attente; quelques secondes après son arrivée, une jolie paysanne se présenta toute rose et toute souriante. Son costume avait été dessiné sur celui des bergères de Trianon, et elle était poudrée et fardée comme une marquise du temps.

La jeune fille vint se placer devant le comte, renversa coquettement sa tête en fermant à demi les yeux et dit :

— Monseigneur prie M. le comte de vouloir bien l'attendre un instant.

Le comte releva vivement la tête à cette voix, et poussa un cri de surprise en reconnaissant la soubrette.

— Marton, dit-il, Marton en Bretagne ! ..

— Vous y êtes bien, monsieur le comte, répartit la soubrette avec un air mutin.

— Tu n'es donc plus chez la Pergolette?

— Pardonnez-moi, M. le comte, mais quand monseigneur va à la campagne, madame me prête à monseigneur et monseigneur prête Frontin à madame.

— Charmant échange! de cette façon la Pergolette peut tromper le duc, le duc peut tromper la Pergolette en toute sécurité. Marton est là pour témoigner de la fidélité du duc et Frontin pour affirmer la vertu de madame.

— Dame, monsieur le comte, il vaut mieux se taire que trop parler.

— Et puis Marton a dix-huit ans, Marton est gentille, Marton console de l'absence de la Pergolette sans la faire oublier ; enfin je vois que Marton est la maîtresse de ces lieux.

— Pour vous servir, monsieur le comte.

— Je n'en suis pas le seigneur, ma toute belle, et c'est tant pis pour moi.

— Qu'à cela ne tienne, monsieur le comte, dit le duc d'Amboise qui survint en ce moment, vous êtes mon hôte et je suis votre serviteur.

— Soyez sans crainte, duc, répartit Bellechasse, je ne suis point venu en Bretagne pour séduire vos gens.

La soubrette se retira ; le duc d'Amboise et le comte de Bellechasse restèrent seuls.

Sur un geste de son hôte, Bellechasse prit un siége et le duc s'assit à ses côtés.

— Ainsi, dit ce dernier, vous êtes venu visiter notre pauvre Bretagne?

— Je voyage, répondit le comte.

— Y a-t-il longtemps que vous avez quitté la capitale ?

— Quelques mois à peine.

— Et quelles nouvelles nous en apportez-vous ?

— D'insignifiantes.

— Vous êtes philosophe !

— Il faut bien être quelque chose.

Le duc sourit.

— Oh ! je vous connais, M. le comte, répondit-il, vous avez des relations mystérieuses avec la révolution, vous travaillez à une œuvre mystérieuse.

Le comte fit un geste insouciant.

— Si j'étais ce que vous croyez, reprit-il, ne me serais-je pas enveloppé de prudence et de circonspection; non, monsieur le duc, je suis encyclopédiste comme Voltaire ou comme Diderot. L'esprit philosophique et les petits soupers sont à la mode, et je suis partisan des petits soupers et de l'esprit philosophique.

— Ainsi, dit le duc, vous êtes venu en Bretagne sans but ?

— Absolument.

— La politique est étrangère à votre voyage?

— Je l'ai dit, j'aime à parler politique à table.

— Ah! si j'en étais sûr!

— Mettez-moi à l'épreuve.

— Eh bien, c'est une idée... Ce soir, je reçois quelques jeunes fous des environs. Les plus beaux noms de la noblesse bretonne, voulez-vous être des nôtres?

— Avec empressement.

— Voilà qui est on ne peut plus aimable.

— On ne saurait l'être trop avec un hôte aussi courtois que M. le duc.

— Alors, c'est entendu ?

— Parfaitement.

— A ce soir donc ?

— A ce soir !

A dix heures, ainsi que l'avait annoncé le duc d'Amboise, une brillante réunion arrivait au château, où un souper splendide avait été servi dans la grande salle à manger dont les fenêtres ouvraient sur la mer, — une vue magnifique.

La soirée se passa d'une façon charmante ; les convives furent spirituels, le duc, malgré son âge, se montra jeune et vif.

De temps en temps, cependant, un nuage passait sur son front, et son regard s'arrêtait inquiet sur le comte de Bellechasse.

Ce dernier n'avait jamais été de plus belle humeur !...

A un moment, le duc fit signe à Yvonnic, qui s'approcha.

— Eh bien ? fit monseigneur d'Amboise.

— Tout va à merveille, répondit le bossu.

— Mais le comte est le plus éveillé de tous mes hôtes.

— Que M. le duc se rassure, avant dix minutes, il dormira d'un profond et lourd sommeil, dont il ne se réveillera que demain, fort avant dans la matinée.

— N'oublie pas que j'ai confiance en toi.

— Et j'ose dire que cette confiance est bien placée.

Le duc sourit, le petit bossu allait se retirer, il le retint.

— Et les Gueux ? dit-il avec une dernière hésitation.

Yvonnic remua sa bosse avec dédain.

— Pouah ! fit-il en clignant de l'œil. Ce sont des pauvres diables qui ne savent pas boire. Je leur ai versé du meilleur Bourgogne de monseigneur, et, à l'heure qu'il est, ils ne distingueraient pas un âne d'un exempt.

— Soit donc ! conclut le duc, et si nous réussissons comme je commence à l'espérer, tu peux être assuré d'une récompense princière.

Le petit bossu salua et gagna rapidement la porte.

Mais cette retraite ne s'effectua pas si vite pourtant, qu'avant de quitter la salle, il n'eût la satisfaction de voir le comte de Bellechasse fermer lourdement les yeux, pencher la tête sur la table, et finalement s'endormir du sommeil prédit.

C'était là le prologue du drame qui devait se passer le lendemain.

IV

Tanneguy était sorti de la ferme, un fusil sur l'épaule, et un livre dans sa carnassière. Le soleil se levait radieux à l'horizon, et teignait au loin d'un reflet d'or, la cîme montagneuse des vagues, les goëlands se laissaient bercer par leur vol le long des grèves, et l'on entendait, par intervalles, le chant du pêcheur qui équipait sa barque et allait gagner la haute mer.

Tanneguy gravit doucement le sentier pierreux creusé dans le roc par le pas de l'homme. Tantôt son œil planait sur toute l'étendue de l'Océan ; tantôt il suivait du regard ces lignes tourmentées des rochers nus que la mer taille quelquefois si artistement dans ses jours de puissantes fantaisies !

Arrivé sur la crête des rochers, il laissa tomber son arme à ses pieds, croisa les mains sur l'extrémité du canon, et penchant la tête sur ses mains, il noya ses yeux dans l'immensité de la mer, et son âme dans la profondeur de la rêverie.

Tanneguy, en quittant la ferme, avait vu partir Dinah, doucement appuyée sur le bras de son père. Il avait longtemps suivi du regard ces deux êtres au bonheur desquels il sacrifiait sa vie. Une sollicitude inconnue préoccupait son cœur. Jamais l'affection qu'il portait à son père et à sa sœur ne s'était si vivement manifestée dans son âme. Quelle cause lui remuait ainsi le cœur et le rapprochait si tendrement ce jour-là, des êtres qu'il aimait ? Était-ce qu'il craignait un danger, une séparation, et qu'il voulait faire une égide de son amour à sa sœur et à son père, ou les aimer plus vivement, craignant de les posséder moins longtemps ?

Nul ne le pouvait dire.

Le cœur a des mystères de sentiment, des secrets de perception, des pressentiments inconnus que Tanneguy n'essayait pas de sonder. Il sentait, et il se laissait aller, sans réfléchir, aux vagues terreurs qui l'envahissaient.

Lorsqu'il eut vu son père et sa sœur disparaître derrière les falaises, son cœur se serra. Il se rappelait l'espionnage d'Yvonnic, et il sentait, en ce moment, de quelle protection il était pour le vieillard et la jeune fille.

— Dieu et moi, nous veillons sur eux, se dit-il à lui-même.

Puis, le front du jeune homme s'éclaircit peu à peu, ses traits s'épanouirent au soleil ; sa poitrine se dilata au vent du matin. Tanneguy, cet homme de la nature, livra à la nature, qui était en fête, ce matin, les vibrations de son être.

Tout autour de lui chantait et riait ; la brise berçait doucement les arbustes du chemin, et les oiseaux voyageurs prenaient leur volée avec mille cris de joie et d'amour ; il y avait cependant bien des feuilles jaunies par les sentiers.

En continuant de marcher, Tanneguy était arrivé en ce moment dans une de ces criques, creusées par la mer, où il avait l'habitude de passer quelquefois des journées entières.

La crique était spacieusement enserrée entre des rochers d'une grande élévation, l'un d'eux seulement plongeait profondément ses pieds dans la mer ; un autre laissait à sa base une large place aux promeneurs qui pouvaient, de ce côté, communiquer à pied sec avec les autres parties de la grève.

Après avoir examiné l'endroit et s'être assuré que la marée montante ne pouvait pas l'y surprendre, Tanneguy déposa son fusil contre le roc, et tira de sa poche un livre qui le quittait rarement.

C'était la Bible !...

Ce livre était sa consolation dans les jours mauvais, comme il était sa foi sainte et rayonnante dans les bons jours !...

Mais en ce moment, la pensée de Tanneguy était ailleurs !... Il écoutait le bruit monotone des vagues sur les falaises prochaines, et le cri sauvage et plaintif des courlieux, sur la côte déserte...

Il était ému !...

Malgré lui, une sourde inquiétude montait de son cœur troublé, et ses tempes battaient, et ses oreilles bourdonnaient.

Il lui semblait depuis quelques instants entendre vaguement au loin le bruit d'une lutte, et des cris étouffés dont il ne pouvait préciser la nature, mais qui, par un effet inconnu, venaient le glacer d'effroi. Il frissonnait instinctivement comme s'il avait conscience d'un grand malheur.

Il était pâle, debout, la tête penchée pour saisir les bruits, l'œil dilaté, le cœur torturé d'angoisses.

Il se fit un moment de silence, terrible comme l'est à un cœur effaré ce court intervalle qui sépare la lueur de l'éclair de l'éclat du tonnerre !

Enfin un cri suprême s'éleva, cri déchirant de désespoir et d'agonie qui, pendant une seconde, fit résonner les échos de la grève, et arracha cette fois Tanneguy à son indécision et à son incertitude.

Il saisit vigoureusement son fusil et s'élança vers l'endroit de la crique où le passage était libre !...

Dans ce dernier cri, il avait cru reconnaître la voix de son père.

Tanneguy tremblait, son sang brûlait ses veines, son cœur battait à se rompre. Il enjamba en deux bonds l'espace qui le séparait de la grève, puis il s'arrêta...

Il s'arrêta, car il venait d'entendre des pas précipités se diriger de son côté...

Il arma son fusil.

Le bruit des pas approchait.

Tanneguy tourna vivement l'angle du rocher, et coucha en oue l'homme qui accourait...

C'était Yvonnic, le bossu !...

— Si tu fais un pas de plus, lui cria Tanneguy d'une voix qui n'admettait aucune réplique, je te tue !...

Mais Yvonnic s'était arrêté comme pétrifié à la vue de Tanneguy, et il n'avait pas la moindre envie de mettre son adresse à l'épreuve.

Ce dernier lui fit signe d'avancer.

Yvonnic regarda la mer... la tentation lui vint de se jeter à l'eau... mais on était en automne, l'eau était froide, et puis, Yvonnic ne savait réellement pas très-bien nager.

Il avança.

Quand il fut à portée de Tanneguy, celui-ci releva son arme, fit quelques pas vers le bossu et appuya lourdement la main sur son épaule.

Le bossu fléchit sous cette pression puissante et tomba à genoux sur la grève.

— Pourquoi courais-tu ainsi?... demanda rapidement Tanneguy, dès qu'il eut vu Yvonnic tomber à ses pieds.

— J'allais au bourg, répondit ce dernier en balbutiant.

— Et d'où venais-tu?...

Yvonnic eut tressaillement et se tut.

— Réponds ! fit Tanneguy d'une voix formidable.

— Je venais de chez monsieur le duc.

— Ce n'est guère le chemin, mais n'importe... tu viens de ce côté de la grève, tu y étais tout à l'heure... que s'y est passé et pourquoi ce cri terrible qui est venu me trouver jusqu'ici?...

Yvonnic regarda Tanneguy d'un œil hébété, comme s'il n'eût pas compris la question.

— Je ne sais, répondit-il; je n'ai point entendu, j'ignore... je courais.

— Et tu ne t'es pas arrêté...

— J'avais à faire.

— Tu avais peur?

— J'avais peur aussi.

— Tu as donc entendu?

— Mais...

— Lève-toi !...

Tanneguy avait une façon terrible de parler qui jetait à Yvonnic de profondes épouvantes. Il se leva d'un bond.

— Marche maintenant, dit encore Tanneguy.

— Comment ! objecta le bossu. Vous voulez...

— Je veux ce que je veux, interrompit Tanneguy avec un geste menaçant, marche là... à dix pas devant moi, et songe qu'au moindre mouvement équivoque de ta part, mon fusil se chargerait de t'arrêter...

Yvonnic se mit à marcher sans répliquer, et Tanneguy le suivit, son fusil armé dans la main.

Depuis quelques minutes, Tanneguy se sentait envahir par une mystérieuse terreur... l'idée lui était venue que du côté d'où le cri était parti, son père et sa sœur avaient dû passer en revenant à la ferme.

Il pressa le pas.

La démarche d'Yvonnic, sa pâleur, son effroi, ses réticences, tout contribuait à entretenir son inquiétude, et il brûlait le sentier. Enfin il arriva à l'endroit où un instant auparavant, il avait laissé le vieux Lebras et Dinah, et son regard avide sonda avec une fiévreuse impatience tous les recoins de la grève...

Mais il ne rencontra que le visage pâle, défait, effaré du bossu...

Un voile de sang lui passa devant les yeux et il courut à ce dernier.

— Parle, lui dit-il d'une voix éclatante, parle misérable, où sont-ils?...

— Je ne sais ! répondit Yvonnic plus mort que vif.

Tanneguy frappa de la crosse de son fusil, le dos difforme du bossu.

— Parle !... répéta-t-il avec un accent sauvage, ou je te tue comme un chien, comme un chien, entends-tu... parle... où sont-ils?

Yvonnic était tombé à genoux sur le roc vif... Il pensa que sa dernière heure était venue.

— Grâce ! cria-t-il, grâce !...

— Où sont-ils ? demanda Tanneguy.

— Partis !... répondit le bossu.

— Partis... enlevés?...

Le bossu fit un signe affirmatif.

— Mon père?...

— Oui...

— Et Dinah?...

— Dinah aussi...

— Ah! malheur... malheur alors! partis... enlevés... Dieu me pardonne: il y aura un homme tué dans le pays, avant qu'il soit longtemps.

Et en parlant ainsi, Tanneguy se pencha avidement sur le bossu.

— Le nom du misérable... répéta-t-il avec violence.

Mais Yvonnic regarda soupçonneusement de tous côtés et ne répondit pas.

— Le nom du misérable !... répéta encore Tanneguy en secouant énergiquement le bossu.

Yvonnic craignit sans doute que les échos de la grève ne reportassent au loin le nom qu'on lui demandait, car après avoir poussé un profond soupir de douleur, il courba le front et se tût...

Tanneguy n'avait ni le temps ni le désir de se laisser toucher par la pitié... Une colère aveugle grondait dans sa poitrine, une violence désordonnée emportait tous ses mouvements; le silence d'Yvonnic l'exaspéra, et prenant son fusil à deux mains, il le leva au-dessus de la tête du bossu, avec un geste plein de menace implacable.

— Le nom !... lui cria-t-il d'une voix de stentor qui domina un instant tous les bruits de la grève.

Yvonnic se courba, ferma les yeux et joignit les mains.

— Le duc d'Amboise !... murmura-t-il, en se laissant glisser le long du roc pour aller doucement tomber et disparaître dans la mer.

— Le duc d'Amboise !... répéta Tanneguy anéanti.

Et prenant sa tête dans ses mains, il prit ses cheveux entre ses doigts crispés, appelant d'une voix étranglée, le Dieu des faibles à son secours.

Ce désespoir était navrant.

Combien de temps serait-il resté ainsi, sans force, atterré, en proie aux plus horribles des déchirements, qui pourrait le dire?

Un incident l'arracha à son désespoir.

Des pas venaient de se faire entendre à ses côtés.

Il releva la tête.

Le comte de Bellechasse était devant lui.

— Oh! Vous ! vous ! monsieur, cria Tanneguy en l'apercevant. Ignorez-vous ce qui m'arrive?

— Je le sais ! répondit le comte.

— Un crime abominable.

— On me l'a dit.

— Cela demande du sang... Je veux venger Dinah, ma pauvre sœur, la vierge sainte, mais que faire! où le trouver?

Le comte lui prit la main.

— Mon ami, lui dit-il d'un ton sérieux et grave, vous êtes en ce moment sous l'impression du malheur atroce qui vous menace; mais je prends une grande part à votre douleur, et je comprends votre colère.

— Oh! la vengeance! la vengeance !

— Je vous l'offre.

Le bossu devait se trouver face à face avec les trois compagnons ordinaires du comte. (Page 5, col. 1.)

— Faut-il aller la chercher au bout du monde?

— Ce ne sera pas si loin.

— Où dois-je donc aller ?

— A Paris.

— Seul ?

— Vous m'y trouverez.

— Et vous me seconderez, M. le comte?

— Sur mon honneur, Tanneguy, sur la vertu de Dinah votre sœur, je vous le jure.

— C'est bien, avant quinze jours j'y serai.

— A bientôt, donc ?

— A bientôt !

Bellechasse serra les mains du malheureux jeune homme, et retourna sur ses pas.

Il avait son idée : il allait au château.

En y arrivant, il trouva le duc qui se disposait à monter dans sa voiture de voyage.

Bellechasse laissa échapper un geste d'étonnement.

— Vous partez! dit-il en jouant la surprise.

— A l'instant, répondit le duc radieux.

Il avait réussi, il était heureux.

Dinah enlevée, avait été, depuis une heure, dirigée sur la capitale.

— Et où allez-vous? continua Bellechasse.

— A Paris.

— Seul ?

— Vous voyez.

— J'espérais que vous alliez m'offrir une place auprès de vous.

— Seriez-vous disposé à l'accepter ?

— C'est-à-dire que je vous en serai vraiment reconnaissant.

— Eh bien ! montez donc, monsieur le comte, vous êtes un joyeux compagnon ; le voyage me paraîtra moins long en votre société, et qui sait, peut-être, avant d'arriver, aurez-vous réussi à me convertir aux idées philosophiques.

— Alors, je monte.

— Montez, montez, et nous partons à l'instant même.

Dix minutes plus tard, la voiture allait gagner la route royale qui devait les conduire à Paris.

<h3 style="text-align:center">V</h3>

UNE SINGULIÈRE RENCONTRE.

> — Ils avaient leurs épées nues et je n'avais qu'un bâton. — Et je leur ai donné un lourd sommeil dont pas un ne se réveillera. — (Ballade bretonne.)

C'était vers la fin du mois de septembre, par une belle soirée d'automne, aux derniers rayons du soleil couchant.

Sceaux. — Typ. et stér. M. et P.-E. Charaire.

Son œil planait sur l'étendue de l'Océan. (P. 6, col. 1.)

Un homme d'une taille robuste, venait de s'asseoir, couvert de poussière, harassé de fatigue, son bâton ferré entre les jambes, sur le revers du chemin, à quelques pas d'une des barrières de Paris.

Cet homme avait une trentaine d'années environ, et, bien que la poussière de la route eût cendré ses cheveux qui retombaient en désordre sur ses épaules et que sa physionomie portât l'empreinte d'une fatigue inusitée, un certain air d'audace éclatait sur son front hautain, et son regard avait parfois de vifs reflets qui illuminaient son visage.

Le costume dont il était revêtu aurait suffi d'ailleurs pour donner à cet homme un aspect étrange qui l'eût fait, au premier coup d'œil, distinguer de la foule.

Il portait une tunique de toile grise serrée à la taille par une ceinture de cuir; une paire de guêtres de drap brun dessinaient nettement les contours de ses jambes musculeuses, et ses pieds, chaussés de gros souliers, s'appuyaient lourdement sur le sol. Nous ajouterons, pour compléter cette description, qu'une peau de bête fauve retombait négligemment sur ses épaules, et qu'un large chapeau à cuve conique couvrait son front.

Une sorte de paysan du Danube échoué sur les bords de la Seine.

A deux pas au-dessous de lui, reposait un énorme chien de race étrangère, au poil long et noir, et dont la tête fine et intelligente se redressait de temps à autre au moindre bruit qui passait à leurs côtés. Il y avait dans ce groupe pittoresque comme un vague souvenir des montagnes, une poésie âpre qui frappait vivement l'esprit, et dont on ne pouvait s'empêcher d'emporter l'image...

D'où venait cet homme, et où allait-il ?... Quelle pensée sinistre faisait parfois courber son front, comme un vent d'orage plie les cimes des chênes vigoureux? Pourquoi, à de certains moments, sa poitrine se gonflait-elle violemment, et à quel sentiment désordonné obéissait-il quand sa main crispée tourmentait convulsivement le bois noueux de son bâton ferré ?...

Cependant la nuit tombait peu à peu; déjà le lieu devenait désert, et des hommes à mine suspecte commençaient à rôder çà et là, d'une façon qui ne laissait pas que d'être fort inquiétante.

A cette époque, les alentours de Paris étaient bien plus mal fréquentés qu'ils ne le sont aujourd'hui, et il n'était pas prudent de s'attarder la nuit dans ces parages que la police elle-même ne visitait qu'avec une extrême réserve.

Les voleurs ne l'ignoraient pas et ils profitaient largement de ces dispositions bienveillantes des agents de la sûreté.

Toutefois notre voyageur avait vraisemblablement d'autres

préoccupations que celles que pouvaient lui suggérer la situation dangereuse dans laquelle il se trouvait, car il regardait la nuit venir sans appréhension, et les quelques hommes qui passaient et repassaient à ses côtés ne lui inspiraient aucune terreur.

Il n'en était pas de même de son compagnon.

Depuis quelques secondes, en effet, sa tête s'était relevée vivement, un éclair rapide et prompt avait brillé dans son regard, et un grognement sourd, mais significatif, s'était fait entendre.

Il est évident que maître Ajax commençait à concevoir quelque inquiétude, et que le voisinage des bandits lui devenait suspect !...

A l'appel de son chien, l'homme retomba tut à coup de la hauteur de ses rêves dans la réalité de la position, et ayant saisi son énorme bâton ferré, il appela maître Ajax qui accourut, et se releva de toute sa taille.

Il était temps, du reste, qu'il prît cette détermination, car deux des bandits venaient de s'approcher, et, en ce moment, ils n'étaient plus qu'à quelques pas de lui.

Peut-être alors le sentiment du danger que notre voyageur allait courir se présentait-il à son esprit dégagé de toute illusion ; peut-être comprit-il qu'on en voulait plus à sa vie qu'à sa bourse, car, après avoir regardé avec attention les deux individus qu'il avait devant lui, il ficha résolûment son bâton en terre et attendit de pied ferme qu'ils vinssent à sa portée.

Ajax s'était couché aux pieds de son maître ; il levait sa tête et montrait les dents.

De belles dents longues et blanches.

Les bandits venaient de s'arrêter à ce spectacle et ils semblaient se concerter.

Enfin l'un d'eux, sinon plus courageux, du moins plus entreprenant, fit quelques pas vers le voyageur et s'inclina respectueusement.

Le voyageur n'avait pas bougé.

Immobile dans sa pose hardie et quelque peu provoquante, il semblait attendre avec le plus grand calme l'issue de cette démarche.

Son attitude déconcerta tout d'abord son interlocuteur ; mais ce dernier ne tarda pas à reprendre son assurance, et, s'étant incliné de nouveau, d'une façon aussi prétentieuse que grotesque, il se décida à porter la parole.

— Que monseigneur m'excuse, dit-il avec toute l'aménité possible, mon ami et moi nous serions au désespoir de lui causer le moindre dommage. Nos intentions sont honnêtes et nous n'avons d'autre désir que celui de lui demander un renseignement qui nous est indispensable.

— Que voulez-vous ?... répartit brusquement le voyageur d'une voix ferme et sonore.

Et comme le bandit paraissait vouloir prendre la familiarité de s'approcher encore, il ajouta en agitant légèrement son bâton :

— Si je puis vous donner un renseignement utile, je le donnerai de grand cœur, à charge de revanche, toutefois ; mais si votre intention est de me dévaliser, ce que je commence à croire, bien que je n'aie sur moi que les vêtements que je porte, je vous préviens que ce ne sera pas chose facile de me les ravir et que je vous ferai payer cher votre tentative !

Le bandit haussa les épaules et sourit légèrement.

— Monseigneur veut railler, reprit-il, la chose est plus simple et s'explique d'elle-même : mon ami et moi et encore quelques autres camarades, nous attendons en cet endroit un homme qui vous ressemble beaucoup et que nous avons reçu l'ordre d'arrêter !... Si vous êtes cet homme, la conversation ne sera pas longue ; si vous ne l'êtes pas, il ne vous sera fait aucun mal et vous pourrez tranquillement continuer votre chemin.

— Et comment s'appelle cet homme ? demanda le voyageur

en faisant un pas en arrière, comme s'il eût voulu se mettre sur ses gardes.

— Il s'appelle Tanneguy, répondit le bandit... qui fit aussitôt entendre un coup de sifflet aigu et perçant.

Dans ce récit, comme il arrive quelquefois au théâtre, le coup de sifflet annonce presqu'instantanément un changement complet dans l'attitude des acteurs du drame.

Deux nouveaux bandits accoururent au signal sur le lieu de la scène et se précipitèrent d'un commun mouvement vers le voyageur.

Ce dernier n'avait eu que le temps de s'adosser à une vieille masure en ruines et ainsi placé, il comptait bien, avec l'aide d'Ajax et de son bâton, tenir les quatre assassins enres pect.

La lutte commença immédiatement.

Tanneguy avait l'avantage de la position, mais ses adversaires avaient l'avantage du nombre ! et je ne sais lequel valait mieux !

Les quatre assassins étaient armés d'une espèce d'épée fort courte, qu'ils maniaient avec une adresse et une dextérité merveilleuse.

Tanneguy n'avait que son bâton, mais il s'en servait avec une habileté qui ne laissait rien à désirer.

Dès les premières passes il le fit bien voir.

Le bandit qui, le premier, lui avait adressé la parole et qui paraissait être le chef de la petite troupe, s'était hardiment élancé sur lui et avait tenté de le frapper en pleine poitrine ; mais Tanneguy le vit venir sans trouble : il fit gravement le signe de la croix, tourna deux ou trois fois son énorme bâton et le laissa tomber à deux reprises et de toute la force de ses deux bras réunis...

Au premier coup il brisa l'épée du bandit qui vola en éclats sur le chemin.

Au second coup, il lui ouvrit la tempe et l'envoya rouler à deux pas, couvert de sang et de poussière.

Cela fait, il appuya fortement son bâton sur le sol et attendit les trois autres assassins.

Ceux-ci avaient eu un moment d'hésitation en voyant tomber leur camarade, mais cette hésitation dura peu ; deux nouveaux bandits s'étaient joints à eux ; les trois premiers reprirent aussitôt courage, et tous les cinq se précipitèrent avec un nouvel acharnement sur Tanneguy.

Celui-ci avait déjà relevé son bâton et s'était remis en garde.

Cette lutte avait, il faut le dire, quelque chose de profondément sinistre ; elle empruntait aux lieux et à l'heure où elle se passait, un caractère lugubre et sauvage. On n'entendait plus à ce moment que le souffle haletant des bandits que l'ardeur de la vengeance portait en avant, les hurlements pleins de fureur d'Ajax qui, la gueule ensanglantée, tenait à la gorge un des assaillants, et ce bruit, cliquetant et terrible de trois épées qui fouettaient l'air !

Tanneguy cependant était toujours calme ; il n'avait proféré aucune parole... nulle pâleur ne s'était répandue sur son front, aucun tremblement n'agitait ses membres !...

Toutefois il était bien facile de prévoir que ce combat devait ui être fatal, et, malgré sa force et son courage, on pouvait aisément deviner qu'il succomberait bientôt sous les efforts réunis de ses adversaires.

La physionomie de cet homme avait, à ce moment suprême, revêtu un étrange caractère de noblesse et de grandeur ; on eût dit qu'il n'avait aucune conscience du danger qu'il courait et qu'il ne défendait sa vie avec cette ardeur et ce désespoir surhumain que parce que sa vie ne lui appartenait plus, et qu'il en avait déjà fait le sacrifice.

D'ailleurs cette attaque dont il était la victime lui semblait un mystère impénétrable, dont il cherchait inutilement la signification.

C'était la première fois qu'il mettait le pied dans Paris ; il y arrivait inconnu, sans amis, sans relations ; ces bandits ne pouvaient en vouloir à sa bourse, l'inspection seule de son costume devait faire douter qu'il en eût une; que voulait donc dire cette vengeance qui l'attendait ainsi terrible, et sanglante, aux portes de la capitale, comme pour lui défendre d'en franchir le seuil !...

Tanneguy cherchait et ne comprenait pas...

Malheureusement il ne s'agissait pas à cette heure de se demander pourquoi on l'attaquait avec un tel acharnement, il s'agissait de se défendre contre une attaque redoutable !

Et Tanneguy avait fait une quinzaine de lieues, et la sombre énergie qu'il déployait depuis un quart d'heure avait déjà considérablement usé ses forces...

Les bandits redoublaient d'activité et d'adresse, ils avaient maintenant à venger leur camarade mort ; et ils allaient vers leur adversaire avec cette impétuosité que donne le désir aveugle de la vengeance !...

Tanneguy vit bien alors qu'il était perdu, et il s'apprêta à mourir...

A ce moment pourtant, un bruit extraordinaire s'éleva tout d'un coup à cinq minutes environ du lieu où se passait cette scène, et presqu'immédiatement on vit poindre à l'extrémité de la route un carrosse magnifique escorté d'une multitude de valets portant des torches allumées.

C'était quelque grand seigneur de la cour que le plaisir attirait à la ville, et qui se rendait d'une façon princière à cet appel.

Les bandits hésitèrent.. Le carrosse allait passer à vingt pas de l'endroit où ils tenait leur adversaire.

Pour Tanneguy, au contraire, ce fut comme une lueur d'espoir, un secours inespéré que Dieu lui envoyait... une sorte de miracle qui s'opérait en sa faveur.

Il respira, et reprit courage.

Le carrosse avançait toujours et, à mesure qu'il avançait, les bandits rompaient d'une semelle et Tanneguy gagnait du terrain.

Enfin, quand la voiture fut à portée, c'est-à-dire à une vingtaine de pas du lieu de la lutte, Tanneguy poussa un cri terrible et perçant.

Les bandits épouvantés, prirent immédiatement la fuite, et le carrosse s'arrêta au milieu de la route.

Un homme en descendit aussitôt et courut vers la masure avec une telle rapidité qu'il put voir encore les fugitives silhouettes des trois bandits qui disparaissaient à toutes jambes.

C'était un des hommes les plus élégants et les mieux tournés que Tanneguy eût vus. Il en resta émerveillé, bien qu'il ne pût distinguer ses traits que l'obscurité lui dérobait !

Cet homme était mis à la dernière mode, mais avec une simplicité de détails qui annonçait un goût exquis et rare ; il portait un habit de taffetas gorge de pigeon doublé de rose avec une garniture en nacre de perle au milieu de laquelle brillait une émeraude. La veste était glacée argent et lilas, et le haut de chausse pareil à l'habit; sa main sur laquelle retombait un flot de riches dentelles, s'appuyait avec une aisanse particulière sur la poignée d'argent de son épée ; sa jambe fine était emprisonnée dans un bas de soie chiné aux couleurs assorties ; enfin des diamants d'un grand prix étincelaient à ses jarretières et à ses souliers.

Cet homme n'était ni précisément jeune, ni vieux non plus. Mais il y avait dans sa personne un tel air de dignité élégante, d'enjouement facile, de belle et verte jeunesse que l'on n'osait lui assigner un âge quelconque.

Dès que son regard eut vu disparaître dans l'ombre les trois bandits que son arrivée avait épouvantés, il se retourna en riant aux éclats vers Tanneguy, qui, debout, immobile, ébloui, incertain, se demandait si c'était bien là un de ces jeunes seigneurs qu'il avait appris à mépriser et à maudire.

— Ma foi !... mon cher ami, dit le jeune seigneur avec une gaieté qui se trahissait dans ses gestes comme dans ses regards,

je regrette d'être venu trop tard, mais je n'en suis pas moins heureux de vous avoir tiré d'un mauvais pas.

— Vous m'avez sauvé... répondit Tanneguy en montrant son bâton ferré.

— Au fait si vous n'aviez pas d'autres armes...

Le jeune seigneur allait continuer, mais il s'arrêta court au milieu de sa phrase.

Il venait d'apercevoir le bandit que Tanneguy avait terrassé et qui se débattait à ses pieds dans les dernières convulsions de l'agonie.

— Peste !... dit-il en promenant alternativement son regard du moribond à Tanneguy, en voilà un du moins que vous avez fort mal traité ; ah ça, ils vous en voulaient donc bien ?

— Je m'y perds, fit Tanneguy.

— Vous avez des ennemis ?

— J'arrive d'aujourd'hui...

— Voilà qui est singulier et vous ne connaissez personne à Paris ?

— Personne !...

— C'est extraordinaire... d'habitude les bandits qui nous font l'honneur de nous attaquer, ne le font guère que dans le but de nous dévaliser... Ce n'est pas assurément votre costume qui les a tentés.

— En effet !...

— Enfin, quoi qu'il en soit, ajouta le jeune seigneur après un moment de réflexion pendant lequel un nuage passa sur son front, en voici un qui ne portera pas son secret en paradis.

— Pourquoi cela ?

— Parce qu'il va tout droit en enfer.

Tanneguy sourit à peine à cette repartie ; depuis quelques minutes, en effet, une singulière pensée lui était venue et l'avait fait tressaillir jusqu'au plus profond de son cœur.

L'obscurité qui enveloppait son interlocuteur lui avait dérobé ses traits, mais il y avait dans sa voix, un accent qui ne lui était pas tout à fait étranger, et il se demandait avec anxiété dans quels lieux il l'avait déjà entendu.

Tout à coup il se frappa le front et poussa un cri de surprise.

— Qu'avez-vous ? demanda-t-il.

— Rien; ce n'est rien, répondit Tanneguy en attachant son regard ardent sur son interlocuteur, mais je ne me trompe pas et c'est bien vous !

— Vous me connaissez ?

— Ne me reconnaissez-vous pas vous même, monsieur le comte de Bellechasse ?

— Comment !

— Vous m'avez déjà rencontré.

— Attendez donc !

— Tanneguy.

— Est-ce possible ! vous ici !...

Et le comte tendit ses deux mains au jeune breton qui les serra avec effusion.

Puis, comme s'il eût encore hésité à croire à la réalité.

— Vous à Paris ! reprit-il aussitôt, et qu'y venez-vous donc faire ?

— Je vous expliquerai cela.

— Pourquoi pas maintenant ?

— Vous allez à un rendez-vous.

— Eh bien ?

— Eh bien, je ne veux point vous retarder.

— Mais qu'allez-vous faire ?

Tanneguy leva sa main vers le ciel.

— Je suis venu à Paris pour accomplir une terrible mission, monseigneur, répondit-il, et qui sait, peut-être aurons-nous l'occasion de nous revoir.

— A bientôt alors ?

— A bientôt !

Et sur ces mots, le comte de Bellechasse salua Tanneguy et gagna son carrosse.

VI

> Un beau marquis que tout Paris admire,
> Me divertit.
> Il chante, il danse, il rit.
> Il pétille d'esprit. (Vieille chanson.)

Mademoiselle Huss, coryphée du grand Opéra, possédait à cette époque, dans le faubourg Saint-Antoine, une des plus délicieuses habitations de Paris.

Mademoiselle Huss était une de ces filles perdues qui portaient avec une audace inouïe le sceptre honteux de la galanterie. Les jeunes seigneurs du temps en raffolaient et passaient leur vie à se ruiner pour elle.

Les salons de la courtisane étaient habituellement hantés par tout ce que la noblesse, la magistrature, la finance, la littérature comptaient de plus illustre et de plus opulent. C'est là que se faisaient les nouvelles charmantes, les satyres spirituelles, les vaudevilles égrillards qui, après avoir réjoui la ville, montaient quelquefois jusqu'à la cour où ils avaient les tristes honneurs d'égayer les petits soupers du Roi !...

Mademoiselle Huss ruinait ses amants, sans s'enrichir beaucoup elle-même ; mais c'était sa joie et son orgueil de montrer grand état et d'éblouir par le faste de son luxe scandaleux, les yeux mêmes des grandes dames de la cour !

Son habitation était située au fond d'une cour toute plantée d'arbres d'une végétation luxuriante...

Le vestibule par lequel on avait accès dans les appartements était construit en marbre blanc ; à droite se trouvait la salle à manger avec sa statue de Diane placée au-dessus d'une fontaine d'où jaillissait une source d'eau vive. A gauche, un grand salon meublé de lampas rose et blanc... Puis venait le cabinet de Boule, aux ornements d'or, d'argent et de nacre. Un autre salon à pans coupés, garni en laque rouge à dessins d'or, puis enfin et comme complément de cette richesse fastueuse et prodigue de ses dons, une salle immense plantée de marronniers, où cent personnes pouvaient se livrer aux excentricités de la *Fricassée*, le *cancan* de l'époque.

Au surplus, et pour donner une juste idée du luxe de cette courtisane et des tristes folies des seigneurs du temps, nous dirons que le mobilier seul de mademoiselle Huss était évalué à plus de cinq cent mille livres !...

Mais que leur importait à ces hommes dont le front pâli par la débauche, se courbait douloureusement sous le fardeau trop lourd d'un nom jadis glorieux ; race épuisée, qui, enfoncée jusqu'au cœur dans la boue du scepticisme, allait chaque jour s'abâtardissant davantage, société impie qui déjà chancelait sur ses bases vermoulues et devait bientôt s'abîmer sous le poids de ses turpitudes et de ses infamies...

Que leur importait !

Ils épuisaient gaiement dans leurs dernières ivresses ce qui leur restait de jeunesse et de grâces, ils jetaient au vent de leurs dernières folies ce beau et chevaleresque renom de la noblesse française ; ils brisaient dans leurs dernières orgies cette couronne de France qui avait déjà coûté au peuple tant de larmes et de sang !...

Que leur importait !

Pourvu qu'ils s'endormissent chaque soir sous les voluptueux et tremblants rayons des lampes d'albâtre, au doux choc des cristaux, ou sous les caresses énervantes des courtisanes ; pourvu que leur dernier soupir s'envolât dans une longue et douce étreinte, pourvu que le cortége des modernes bacchantes les accompagnât jusqu'aux limites de ce monde en chantant des hymnes aux dieux de la volupté !...

Que leur importait!

Cette société qui dormait si étourdiment sur ce sol miné par les vengeances populaires, ne devait se réveiller qu'à l'explosion redoutable d'une révolution !...

Ce soir là, il y avait fête chez mademoiselle Huss... une de ces fêtes merveilleuses que le rêve aurait envié à la réalité !

La célèbre courtisane s'était surpassée elle-même ; tout le Paris galant, et bel esprit avait pris rendez-vous dans un des salons, et une cohue élégante peuplait jusqu'aux plus charmants boudoirs.

Le courant emportait alors les plus mâles esprits comme les vertus les plus fragiles... Ici l'abbé galant à côté de l'austère magistrat ; plus loin, le Cincinnatus modeste coudoyant l'auteur de vaudevilles et de flons-flons... Le comte de Lauraguais et le duc de Soubise, M. de la Harpe ou le sieur Caron de Beaumarchais !...

Mais ce qu'il y avait surtout de vraiment remarquable chez mademoiselle Huss, ce qui charmait particulièrement le regard et réjouissait l'esprit, ce que l'on aurait cherché vainement ailleurs, c'était cette éblouissante réunion de femmes belles et jeunes qui souriaient avec enivrement à toutes les impertinentes saillies qu'on leur jetait en passant et dont l'enjouement répondait avec un égal empressement aux vieillards, tels que M. le duc de Richelieu, et aux petits pages frippons, tels que le jeune vicomte de Bourassol.

Cependant, parmi toute cette foule qui allait et venait avec un doux murmure à travers les salons encombrés, deux personnages avaient eu seuls jusqu'alors le privilége de captiver presqu'entièrement l'attention générale et d'arrêter sur eux les regards jaloux et envieux des hommes et des femmes !...

Ces deux personnages n'étaient autres que mademoiselle Pergolette et le vicomte Hector de Bellechasse !...

Le vicomte Hector de Bellechasse fréquentait depuis quelque temps déjà les salons de la ville et, dès son apparition, il avait été fort couru !... On l'aimait pour toutes les qualités qui auraient fait détester un autre homme ; il connaissait jusque dans ses plus infinis détails les petites chroniques scandaleuses de la ville, et ne se faisait aucun scrupule de les exagérer et de les répandre ; il maniait l'épée comme le chevalier de St-Georges ; on lui accordait autant de maîtresses que les poëtes prodigues en donnent à Don Juan, et l'on citait ses petits vers, ses bons mots et ses épigrammes comme ceux du duc d'Anjou ou de M. Arouet de Voltaire !...

Les femmes faisaient cercle autour du vicomte de Bellechasse...

La Pergolette, elle, était depuis fort peu de temps à Paris, mais elle avait, dès ses débuts, révélé tant de dispositions précoces pour la vie galante, que mademoiselle Huss n'avait pas hésité à la prendre près d'elle pour lui enseigner les arcanes de la science et la mettre à même d'en tirer le plus de profit possible !...

La Pergolette n'avait pas besoin d'un tel maître, car rien ne lui manquait de ce qu'il fallait pour réussir !...

Elle avait seize ans à peine ; elle était petite, vive, enjouée, folâtre, blonde comme Eve, avec deux yeux noirs où brillaient par éclairs toutes les ardeurs d'une âme qui naît aux folles jouissances!... La Pergolette n'était point de Paris, elle s'y était trouvée un jour sans savoir précisément comment ; un joli garçon de sa province, son cousin, enfant naïf aux purs instincts, l'avait enlevée sans se douter lui-même du ravissant trésor qu'il emportait, et ils avaient vécu ainsi tous les deux pendant quelque temps, seuls, à part, évitant tout contact avec le monde, enivrés comme deux tourterelles, par les douces caresses d'un premier amour !...

Pergolette s'était envolée la première de ce nid charmant que l'amour lui avait fait ; la première, elle avait compris qu'il y avait en elle, d'autres désirs, et que les enivrements de l'amour ne suffisaient pas à son ambition.

Pergolette avait entendu parler des célèbres beautés galantes de la capitale : la Dathé, la Guimard, Sophie Arnould, la comtesse Dubarri même, et sa jeune imagination s'était enflammée, et elle était partie...

En chemin, elle avait rencontré une des plus belles fortunes de la noblesse du temps, et la délicieuse enfant s'était empressée de tendre ses bras... Elle avait, à cette époque, assez d'adresse pour se faire valoir: Et puis quel seigneur ne se fût pas trouvé heureux de se ruiner pour elle !...

On ne pouvait pas être plus jolie, et l'on n'était pas plus spirituelle.

Les hommes faisaient cercle autour de la petite Pergolette !

Les conversations étaient d'ailleurs fort animées de toute part, on allait, on venait des boudoirs aux salons, du premier étage au rez-de-chaussée ; les épigrammes, les histoires scandaleuses, les mordantes et spirituelles saillies couraient à plaisir à travers cette société facile, et y jetaient une animation factice qui mettait de la gaieté sur tous les fronts, et de la joie dans tous les regards.

Cependant on était à cette heure de la nuit où une certaine fatigue langoureuse commençait à s'emparer de chacun des conviés, et, à travers les vifs et radieux éclairs de cette gaieté toute française, perçait déjà le désir et l'attente d'autres plaisirs. Les femmes se pendaient plus mollement au bras de leurs cavaliers, et on causait maintenant bien plus que l'on ne dansait !...

Pour le moment, Hector de Bellechasse venait d'improviser quelques vers charmants qui, après avoir passé de bouche en bouche arrivaient enfin à Pergolette.

Voici les vers :

> Ici ne sommes-nous pas mieux
> Qu'Adam dans son bocage ?
> Il n'y voyait que deux beaux yeux,
> J'en vois bien davantage.
>
> Il n'eut qu'une femme avec lui...
> Encor c'était la sienne !...
> Ici, je vois celle d'autrui,
> Et ne vois pas la mienne...

On comprend le succès de ces deux quatrains à une époque où il ne fallait bien souvent qu'un bon mot pour se faire une réputation !...

Toutefois, chose assurément fort remarquable, lorsque ces deux quatrains parvinrent aux oreilles de la Pergolette, c'est à peine si elle les honora d'un pâle et insignifiant sourire.

Il était évident, et cela le devint dès ce moment, pour tout le monde, qu'entre la Pergolette et le vicomte Hector de Bellechasse il existait une sourde hostilité.

Le vicomte, qui était après tout fort galant gentilhomme, ne crut pas devoir attendre plus longtemps pour rompre la glace.

Du reste, un but secret l'attirait vers cette jeune reine de beauté.

Il se leva donc résolûment, rompit avec une grâce charmante le cercle des jolies femmes qui l'entouraient et se dirigea avec un sourire plein d'ironie spirituelle vers la Pergolette.

Celle-ci avait déjà remarqué ce mouvement et elle pensa qu'il convenait à sa réputation, comme aussi à l'importance de l'adversaire qui s'avançait de ne point paraître refuser le combat ; elle imita donc l'exemple du vicomte, rompit le cercle de jeunes seigneurs qui papillonnaient autour d'elle, et s'avança vers Hector de Bellechasse avec un sourire qui ne le cédait point en finesse ni en ironie à son adversaire.

Bellechasse s'arrêta à deux pas de la jeune courtisane et l'ayant saluée d'une façon profondément respectueuse.

— Mademoiselle Pergolette ?... dit-il par manière d'interrogation.

— M. le vicomte Hector de Bellechasse ?... répondit Pergolette avec la même intonation impertinente.

— Vous me répondez de la manière qu'on ramasse un cartel ; mais ce n'est pas un défi que je vous apporte, c'est un traité d'alliance.

En même temps, le vicomte offrit son bras à la courtisane qui l'accepta sans pruderie, et tous deux firent quelques pas à travers la salle :

— Il y a longtemps, ma chère enfant, reprit le vicomte après un moment de silence, que la renommée m'avait entretenu de votre esprit et de vos charmes...

— La renommée est bien bonne, interrompit Pergolette.

— Elle est bonne envers les privilégiés.

— Vous êtes galant !

— Moi, fit le vicomte d'un geste dégagé qui lui allait à ravir; mon Dieu, non ; j'aime tout ce que Dieu a créé de beau, de jeune, de grand... Les hommes spirituels, les femmes aimables, les vieillards austères ! Je suis artiste, et les guenilles du peuple, quand elles sont bien portées, me plaisent et me ravissent bien mieux que la plus belle pourpre sur les épaules d'un vieillard impuissant et dissolu !... La renommée m'avait dit de vous des choses vraiment merveilleuses.

— Et maintenant, vous trouvez qu'elle vous a trompé, objecta Pergolette.

— Maintenant, répondit Bellechasse, je suis certain que tout ce qu'on dit de vous est fort au-dessous de la vérité !...

Pergolette s'arrêta court sur ces derniers mots ; elle quitta brusquement le bras de son cavalier et recula gravement à deux pas de lui.

— Vicomte !... lui dit-elle alors d'une voix enjouée et avec une folle gaieté dans le regard.

— Mademoiselle Pergolette, répondit Hector.

— Voulez-vous que je vous dise une chose ?

— Dites, ma chère enfant !...

— C'est peut-être de la vanité de ma part.

— Cela vous est bien permis.

— Mais il me vient une idée.

— Laquelle ?

— C'est que vous êtes amoureux de moi, ou que vous avez besoin de moi !...

Le vicomte se prit à rire et salua :

— Certes, ma chère Pergolette, répondit-il, vous êtes la plus délicieuse femme que j'aie encore rencontrée; mais je m'en accuse comme d'un crime, je ne suis point amoureux...

— C'est de la franchise répondit Pergolette ; alors vous avez besoin de moi...

— Peut-être.

— On m'a dit que vous étiez dangereux, M. le vicomte...

— Ceux qui vous ont dit cela, me flattent.

— Mais que puis-je faire pour vous ?

— Je vous le dirai, si vous voulez bien me suivre dans ce boudoir !...

Pergolette sourit et fit un signe d'assentiment ; et tous les deux s'apprêtèrent à passer dans le boudoir que le vicomte avait désigné...

Mais au moment où ils allaient en franchir le seuil, une rumeur extraordinaire s'éleva tout à coup du dehors, et le bruit d'une lutte violente vint jeter un instant le désordre jusqu'au milieu de la salle des marronniers...

Quelques seigneurs se précipitèrent vers la porte extérieure; mais déjà la lutte était terminée, et un homme d'une vigoureuse stature, repoussant hardiment tous les obstacles qui tentaient de s'opposer à son passage, venait de s'arrêter ferme, hautain, et le regard provocateur sur le seuil même de la salle...

Cet homme n'était autre que le voyageur de notre premier chapitre.

VI

UNE SOIRÉE CHEZ MADEMOISELLE HUSS, CORYPHÉE DU GRAND OPÉRA

(Suite)

> Vous êtes tous bâtards !
> VICTOR HUGO.

Tanneguy portait encore ce pittoresque costume que le lecteur lui a vu au premier acte de notre drame; une épaisse couche de poussière couvrait ses souliers, sa peau de bête fauve retombait sur ses épaules, et il avait encore à la main l'énorme bâton ferré avec lequel il avait si énergiquement tué son adversaire.

Mais mlagré les détails grossiers et presque sauvages de son enveloppe, Tanneguy possédait une beauté mâle et forte qui imposait naturellement le respect.

Il tenait dans sa main gauche son chapeau aux larges bords, et s'appuyait de la droite sur son bâton.

Son opulente chevelure noire tombait abondamment sur chacune de ses épaules, et le pâle et pur ovale de sa figure se détachait nettement sur le fond plus sombre des tentures de la chambre.

Tanneguy n'avait assurément aucune des qualités qui constituaient ce que l'on appelait alors un joli garçon mais il y avait sur son front une telle exhubérance de jeunesse, dans ses yeux tant de vie, dans toute sa personne tant de force, de résolution et d'audace, que l'on se sentait pour ainsi dire contraint de s'incliner devant cette manifestation éclatante d'une nature supérieure!

Les femmes, surtout, habituées qu'elles étaient à admirer les pâles silhouettes de gentilshommes usés par une débauche précoce, les femmes n'avaient point assez de regards et d'admiration pour cette belle nature vierge et forte qui tranchait si noblement sur cette foule de courtisans éreintés!...

Mais, sur aucune des personnes présentes, l'arrivée inopinée de Tanneguy n'avait fait une impression comparable à celle qu'il avait produit sur le vicomte de Bellechasse.

Il était devenu tout à coup sombre et rêveur; son front avait subitement pâli, et il s'était rejeté en arrière, comme s'il eût voulu de la sorte se dérober aux regards que Tanneguy jetait au hasard autour de lui!...

Cependant, dès que le premier étonnement fut passé, les choses ne tardèrent pas à reprendre leur allure naturelle, et le duc de Duras, qui, pour le moment, possédait le ruineux privilége de mademoiselle Huss, quitta le groupe indigné qui l'entourait, et fit quelques pas vers Tanneguy.

Puis, quand il fut arrivé à une distance convenable, il détailla avec une insupportable impertinence le costume dont ce dernier était revêtu, et, adressant enfin son regard hautain et sévère à l'un des valets qui avait escorté Tanneguy jusque dans la salle :

— Jean, lui dit-il d'une voix brève et d'un ton qui n'admettait aucune réplique; jetez-moi donc ce pied-plat à la porte!....

Tanneguy avait soutenu le regard impertinent du duc avec une impassibilité et un calme digne des plus grands éloges.

Il se hâta de replacer son large chapeau de feutre sur ses cheveux, serra énergiquement son bâton, et comme Jean avait fait un pas vers lui dans une intention qui n'était plus équivoque, il laissa retomber sa main puissante sur son épaule, et le força de s'agenouiller à ses pieds.

De fier et calme qu'il était, Tanneguy était devenu terrible!...

Il promena successivement son regard sur toutes les portes de la salle, comme pour y chercher une provocation qu'il attendait, et quand il s'aperçut que le cercle des courtisans indécis s'était éloigné au lieu de se rapprocher, que chacun semblait plutôt disposé à éviter qu'à engager une lutte avec un tel adversaire, il ramena son regard ferme et assuré sur le duc de Duras, marcha résolûment à sa rencontre, et s'arrêta à deux pas de lui au milieu de la salle.

La peur n'avait certainement pas ému le noble duc, mais en voyant s'avancer Tanneguy, le front rayonnant d'audace et de résolution, il avait instinctivement porté la main à la garde de son épée.

Tous les spectateurs de cette scène étaient violemment agités et chacun se demandait avec anxiété ce qui allait se passer.

— M. le duc, dit alors Tanneguy, dont la voix résonna forte et accentuée au milieu du silence, j'ai tué, il y a une heure tout au plus, un misérable qui voulait me dévaliser à l'entrée de la capitale; n'exposez pas vos valets à recevoir un semblable châtiment. Je ne suis venu ici, ni pour vous attaquer ni pour troubler vos fêtes; mais j'ai une mission sacrée à remplir, et nulle menace au monde ne pourra m'arrêter sur la route!...

Et comme un murmure équivoque accueillit de nouveau ces paroles, Tanneguy se retourna vers ceux qui l'interrompaient, et leur montrant d'un geste moitié railleur moitié sérieux, le bâton qu'il tenait à la main.

— Si je porte un bâton, mes seigneurs, fit Tanneguy avec assurance, c'est pour châtier les valets insolents; mais pour les maîtres impertinents, je sais jouer de l'épée; s'y hasarde qui osera.

Les seigneurs regardèrent Tanneguy, et un sourire de dédain effleura en même temps toutes les lèvres!...

— Eh bien, soit! reprit presque aussitôt le paysan, soit, je comprends que vous ne vouliez pas croiser votre fer contre celui d'un manant; l'avenir vous soit clément, messeigneurs, et Dieu veuille qu'on ne vous fasse pas payer trop cher, quelque jour, votre dédain et votre insolence.

— Mais enfin, que voulez-vous?... demanda impérieusement le duc de Duras.

Et, comme si cette question eût tout à coup délié la langue aux plus muets, les exclamations et les quolibets se croisèrent aussitôt avec une vivacité provoquante.

— C'est un sauvage de l'Amérique!... dirent les uns.

— Un huron!... crièrent les autres.

— L'homme des bois de M. le comte de Lauraguais, répéta-t-on en chœur de toutes parts.

Tanneguy souriait au milieu de ses railleries insolentes; il remua mélancoliquement la tête, s'appuya de nouveau sur son redoutable bâton de voyage, et présenta sa belle figure sereine aux injures qu'on lui jetait.

— Non messeigneurs, répondit-il d'une voix douce et presque résignée, non; ni un sauvage, ni un Huron, ni même l'homme des bois de M. le comte de Lauraguais; mais un chrétien du pays de Bretagne, qui s'étonne de trouver tant de barbarie dans une société civilisée!....

Tanneguy avait vécu jusqu'alors au milieu des landes incultes de la Bretagne; il ne connaissait du monde que la vie des champs; les sentiers creux de son pays, l'aspect imposant des grèves désertes, l'harmonie berceuse des grands bois. Il avait été élevé par le prêtre de la paroisse; il en avait reçu une éducation austère, l'amour inaltérable du beau et du bien! Tanneguy s'était développé ainsi sous l'air pénétrant et pur des montagnes; il avait grandi en force et en intelligence, sous l'influence simultanée du spectacle splendide de l'Océan et de la parole grave et douce de l'homme de Dieu!...

A cette heure Tanneguy éprouvait un bien douloureux sentiment à la vue de cette société perdue que la corruption minait de toutes parts!

Cependant le galant cortége de mademoiselle Huss commençait à s'impatienter de cette scène étrange qui interrompait brusquement leurs plaisirs. Le duc de Duras les rassura d'un geste, et dit tout bas à un laquais d'assembler toute la valetaille, qui se saisirait de ce trouble-fête et l'assommerait au besoin.

La Pergolette et le vicomte de Bellechasse, attirés par le bruit, étaient revenus dans le principal salon, et le vicomte n'avait pas été peu surpris de se trouver en face de Tanneguy.

Il dissimula pourtant le sentiment qu'il l'agitait sous une apparence de légèreté railleuse et narquoise.

Pergolette, elle, avait été frappée de la belle et franche figure de Tanneguy.

Au milieu de l'atmosphère viciée dans laquelle elle vivait,

il lui semblait qu'il lui arrivait tout à coup comme un air frais des pures campagnes.

Elle se ressouvint de sa jeunesse, de sa simplicité, de son innocence.

Un secret intérêt l'attira vers le Breton inconnu.

— On va faire un mauvais parti à cet homme! dit-elle tout bas avec émotion au vicomte de Bellechasse.

Hector sourit et lui pressa discrètement le bras. En même temps le vicomte faisait un signe presque imperceptible à deux hommes qui papillonnaient auprès de faciles beautés.

L'un avait un visage dont le regard jaillissait comme une saillie de Piron et dont le sourire s'épanouissait, délicatement voluptueux, comme un couplet de Parny.

L'autre avait une physionomie de capitaine déguisé en courtisan.

Nos deux hommes s'approchèrent du breton et lui frappèrent familièrement sur l'épaule, l'un à gauche et l'autre à droite.

Tanneguy secoua la tête comme un homme qui se réveille en sursaut.

— Il est évident, mon cher ami, lui dit alors l'un des deux individus, celui de gauche, que vous êtes venu ici pour quelque chose; moi, qui vous crois dans votre bon sens, je vous prie de vous expliquer... êtes-vous venu ici pour un homme ou pour une femme.

Dès les premières paroles, Tanneguy avait relevé la tête en frémissant;

— Je viens chercher ici le duc d'Amboise, répondit-il après quelques secondes d'hésitation.

— Le duc d'Amboise?.... fit l'homme de droite.

— Le duc d'Amboise.... ? répéta Pergolette.

— Il se fit un nouveau silence, chacun se regardait.

— Eh bien, soit, dit l'homme de gauche, soit! vous désirez voir le duc et je puis vous le faire rencontrer si vous voulez me suivre, ce ne sera pas long.

Tanneguy suivit ces deux interlocuteurs comme un chasseur qui court sur une piste.

— Est-ce qu'on le mène réellement chez le duc? demanda la Pergolette au vicomte de Bellechasse?

— Y pensez-vous? répartit le vicomte.

— Mais alors, où donc le conduit-on?

— A Charenton! répondit le vicomte en riant.

Puis il quitta le bras de la jeune courtisane, et un instant après il avait disparu des salons de mademoiselle Huss.

VII

OÙ TANNEGUY RENOUVELA CONNAISSANCE AVEC HORATIUS ET BURRHUS ET PARTICULIÈREMENT AVEC LE VICOMTE DE BELLECHASSE.

Dites-moi, braves compagnons, si quelqu'un de
vous connaît le duc, qu'il me le désigne, car je suis
venu pour le tuer.

Tanneguy et ses deux conducteurs étaient descendus dans la rue.

— Nous reconnaissez-vous? firent ceux-ci au jeune Breton.

Le fils Lebras les regarda avec étonnement.

— Burrhus! dit l'un.

— Horatius Flaccus! fit l'autre.

— Les Gueux! exclama Tanneguy en se frappant le front, reconnaissant ses anciens hôtes de Bretagne.

— Chut! firent ces deux interlocuteurs d'un air de mystère.

— Mais d'où vient votre intervention? demanda le fils Lebras.

— Nous avons voulu vous tirer d'un mauvais pas, d'abord; vous aider peut-être ensuite.

— Vous!

— Pourquoi pas! demanda le vicomte de Bellechasse qui arrivait sur ces derniers mots.

— Quel intérêt avez-vous à cela? fit Tanneguy avec doute.

— N'avez-vous pas déjà vous-même été notre sauveur; ne nous avez-vous pas accordé en Bretagne la plus généreuse hospitalité. Nous vous aimons, Tanneguy, parce que vous êtes bon, généreux, brave, simple, juste; nous vous aimons parce-que vous êtes du peuple, parce que vous êtes opprimé, que vous souffrez, et qu'alors vous êtes notre frère.

— Moi! fit le Breton qu'émouvaient ces chaudes paroles!

— Oui, votre frère, fit Hector avec conviction, et puissiez-vous connaître plus tard combien ce titre de frère est saint, profond, sacré entre vous et nous, entre vous et moi.

Et la voix du vicomte de Bellechasse eut une inflexion frémissante.

Tanneguy hésitait.

Les Gueux se firent un signe d'intelligence, et il y eut un moment de silence.

— Ainsi, reprit le vicomte un moment après avec un air plus dégagé, vous venez à Paris, pour voir le duc d'Amboise!

— Vous l'avez dit.

— Vous savez que c'est un homme redoutable!

— Je le connais...

— Enfin il ne recule devant aucun obstacle pour arriver à la satisfaction de son ambition ou de ses désirs...

— J'ai eu lieu de m'en apercevoir, fit Tanneguy d'un air sombre.

Le vicomte lui jeta un coup-d'œil oblique.

— Est-ce pour lui demander un service que vous désirez le voir? ajouta-t-il avec vivacité.

— C'est pour le tuer!... répondit le paysan, en serrant énergiquement le poing.

Il y eut un moment de silence.

La lune découpait au loin sur les maisons de la rue d'informes et bizarres silhouettes, tout bruit avait cessé, on n'entendait plus à cette heure que le piétinement irrégulier des chevaux sur le pavé sonore.

— Le tuer! dit enfin, le vicomte, tuer le duc d'Amboise, voilà une idée qui peut avoir son utilité, mais qui me semble parfaitement irréalisable.

— C'est possible...

— On ne tue pas un homme au milieu de la capitale, comme vous pourriez tuer une pièce de gibier dans les landes de votre pays.

— J'essaierai, du moins.

— Et comment?...

— J'irai à son hôtel.

— D'où l'on vous mettra à la porte.

— Je l'attendrai avec mon bâton ferré au détour d'une rue.

— Le duc va en voiture, mon ami, il vous fera rosser par ses gens...

— Eh bien! j'ai un fusil de chasse, monseigneur, et si jamais la voiture de M. le duc d'Amboise passe à ma portée, je vous réponds qu'elle rapportera un cadavre à son hôtel.

Le vicomte se prit à rire.

— Quant à cette dernière proposition, dit-il, elle rentre plus spécialement dans les attributions de la police... si vous avez hâte d'aller pourrir dans les cachots de la Bastille, vous ne pouvez pas prendre un parti plus convenable!...

Hector de Bellechasse, Tanneguy et les Gueux marchèrent pendant quelque temps sans ajouter une seule parole; Tanneguy rêveur, indifférent à tout ce qui se passait à ses côtés, n'écoutant que le grondement de cette colère ardente qui battait sa poitrine; Hector rêveur aussi, mais moins sombre et laissant de temps en temps son regard se perdre dans l'azur étoilé du ciel.

Le vicomte rompit le premier le silence :

D'où venait cet homme? Où allait-il? (P. 9, col. 2.)

— Ainsi, dit-il, à voix rapide et basse, c'est là tout ce qui vous a attiré à Paris, le désir d'une vengeance impitoyable.

— Impitoyable! répéta Tanneguy.

— Vous en voulez au duc d'Amboise.

— Je veux le tuer....

— J'entends, et, jusqu'à un certain point, je comprends qu'un homme fasse cent cinquante lieues avec cette simple idée de tuer un autre homme; mais encore faut-il s'arranger de manière à réussir.

— Vous avez raison.

— Il serait souverainement ridicule d'être jeté à la Bastille sans y emporter au moins la satisfaction de s'être vengé.

— Je le pense aussi!

— C'est un moyen à trouver.

— Je le cherche.

— Voulez-vous que je vous aide.

— Volontiers.

Il y eut un moment de silence, mais court, rapide, solennel. Le vicomte s'était presque transfiguré, et maintenant son œil brillait, ses joues s'étaient subitement colorées, son geste avait une allure mystérieuse qui ne lui était pas habituelle.

— Voyez-vous, reprit-il avec vivacité, le duc d'Amboise est un homme qui ne ressemble pas aux autres. — Il est puissant, corrompu, méchant; c'est le type le plus complet de cette so-

ciété au milieu de laquelle nous vivons. S'il apprend que vous êtes à Paris, et il le sait peut-être déjà, car il a une police active, il vous mettra dans l'impossibilité de lui nuire à tout jamais....

— C'est horrible.

— C'est fort sage, au contraire; le duc a beaucoup d'habileté, il faut en avoir plus que lui; ce n'est pas de courage que vous avez besoin, c'est d'adresse et de persévérance... Ne vous hâtez pas trop.

— Retarder?... objecta Tanneguy en fronçant le sourcil.

— Retarder votre vengeance, pour la rendre plus sûre et plus terrible.

— Mais que faire alors?

— Ah!... là est la question, poursuivit Hector : à Naples, on emploierait le sable, l'eau à Rome, le verre à Venise!... à Naples on remplit de sable une peau de vipère, et l'on frappe. Dix à douze coups appliqués modérément sur les épaules suffisent et au-delà; le sang s'extravase, se coagule, et bonsoir la compagnie... à Rome, il y a des monastères bien famés, où l'on distille et prépare l'*aqua-tophana* : deux cuillerées de cette liqueur dans une carafe d'eau, étendue et bien mélangée, manquent rarement leur coup; en moins de six mois, l'homme le plus robuste est expédié, sans qu'il vienne à l'esprit de s'enquérir du motif de son départ... A Venise enfin, il y a les

Sceaux. — Typ. et stér. M. et P.-E. Charaire.

Il s'était adossé à une vieille masure (P. 10, col. 2.)

bravi, c'est encore plus commode et moins compromettant; au moyen d'un stylet de verre dont leur main est armée, et qu'ils brisent dans la blessure, ils rendent impossible tout retour à la vie! mais l'Italie est bien loin et nous n'avons ici ni bravi ni aqua-tophana, ni même une peau de vipère....

— Toutes ces choses y seraient-elles, objecta Tanneguy d'un ton brusque, que je ne m'en servirais pas.

— Et vous auriez tort!...

— Pourquoi cela?

— Parce qu'il faut employer les mêmes armes dont se servent nos adversaires.

— Et vous pensez que le duc....

— Le duc n'attend qu'une occasion pour essayer la puissance de l'*aqua-tophana* sur vous-même....

— C'est possible!...

— J'en suis sûr....

— Mais vous avez donc deviné pourquoi je suis venu à Paris, pourquoi je veux tuer le duc....

— Peut-être.

— Quoi! vous savez.... Mon père.... ma sœur....

— Votre sœur! fit le vicomte pâle et chancelant.

— Enlevée! violée peut-être. Et mon père, qu'est-il devenu! Et Tanneguy eut un moment de désespoir aveugle.

Les Gueux se regardaient avec une tristesse amère.

— Encore une oppression du fort contre le faible! firent-ils.

Quant au vicomte Bellechasse, il était plus douloureusement affecté. Lui, si maître de lui ordinairement, ne cachait pas à cette heure son trouble et sa fureur.

Il se remit pourtant.

— Vous voulez vous venger? demanda-t-il à Tanneguy d'une voix stridente.

— Ah! tout mon sang pour avoir le sang du duc.

— Je vous donnerai un moyen.

— Dites-vous vrai!...

— Vous le verrez.

— Et quand cela, monseigneur!

— Dans quelques jours.

— Pourquoi pas tout de suite.

— Parce que l'affaire est grave, comme vous l'avez dit vous-même et qu'il ne faut pas la traiter légèrement.

— Nous nous reverrons donc.

— Je l'espère bien.

— En quel lieu.

— Faubourg St-Antoine, n° 140.

Ils étaient arrivés non loin de la porte St-Denis. Le vicomte s'arrêta et tendit alors courtoisement la main à Tanneguy.

— A bientôt, répondit Bellechasse.

— Ainsi donc, monseigneur, dit ce dernier, à bientôt.

— Et ils allaient se séparer quand le bruit d'un carrosse lancé au galop de deux chevaux fougueux vint tout à coup détourner leur attention.

Sans s'expliquer pourquoi, Tanneguy sentit son cœur battre, et un frisson glacé courir sur ses membres.

Il fit quelques pas en avant.

Le carrosse approchait : quand il fut à la hauteur de la porte St-Denis, une tête de femme se pencha vivement à la portière et laissa tomber deux cris de détresse et de désespoir qui dominèrent un moment le bruit de la voiture sur le pavé.

La lune éclairait cette scène, et Tanneguy eut le temps de voir la femme.

Il poussa à son tour un cri terrible, et s'élança à la suite du carrosse.

Il venait de reconnaître sa sœur.

VIII

LES AMOURS DE MARTON ET FRONTIN.

A quelque temps de là, Marton et Frontin devisaient de mille choses, nonchalamment étendus sur les sophas moelleux de la Pergolette.

Marton était la confidente ordinaire de la courtisane, Frontin l'homme de confiance du duc d'Amboise : ils s'entendaient à merveille pour les duper tous les deux. Ces deux natures faites l'une pour l'autre, n'avaient pas été longtemps sans éprouver le besoin de se rapprocher; or, quand les valets se rapprochent, les maîtres peuvent avoir peur.

L'amour aurait bien suffi à expliquer ce rapprochement entre la soubrette de la courtisane et le valet du duc; Marton était vive, accorte, spirituelle; elle avait la répartie très-prompte et la main fort leste... rien n'était plus finement dessiné que sa taille, rien n'était plus coquet et plus mutin que son pied... Frontin, de son côté, ne laissait rien à désirer; il avait cette allure nette et preste des valets de comédie; il parlait comme Figaro, et agissait comme Scapin. Sa jambe était faite au tour, sa taille avantageuse et son visage rond, plein, éclatant de jeunesse et de gaieté...

Quel heureux et charmant couple cela aurait fait !...

Mais Marton et Frontin avaient des préoccupations plus graves : Ils n'étaient riches ni l'un ni l'autre, et ils avaient tous deux le plus vif désir de le devenir... Ce n'est pas, si nous parlons ainsi, que nous voulions prétendre que jamais Marton n'eût lancé d'œillades à Frontin, ni que Frontin n'eût jamais pris la taille de Marton... Dieu nous en garde !...

Plus d'une fois, au contraire, Frontin s'était laissé aller jusqu'à effleurer de ses lèvres les lèvres de Marton, et plus d'une fois aussi Marton avait failli tomber sur cette pente rapide que le plaisir ouvre sous les pas inexpérimentés des jeunes filles.

Frontin et Marton devisaient donc ce soir-là étendus l'un à côté de l'autre, sur les moelleux coussins de la Pergolette.

La Pergolette était à l'Opéra en compagnie de M. le duc d'Amboise, et l'on savait qu'elle rentrerait fort tard.

La fenêtre était ouverte; il régnait dans l'air comme un dernier parfum d'été.

Frontin avait passé sa main autour de la taille de Marton qui se cabrait, et sa voix rapide et basse portait de tendres paroles à l'oreille de la jeune fille.

— Marton, disait Frontin à la soubrette, dont le sein se gonflait avec précipitation, Marton, ta maîtresse ne rentrera que fort tard.

— Je n'en sais rien.

— Le duc me l'a dit.

— Et quand cela serait?

— Marton, voilà bientôt six mois que nous vivons ensemble dans un tête-à-tête continuel.

— Eh bien !

— Vous avez trop de vertu, mon enfant.

— Et vous pas assez, monsieur Frontin !...

— Au diable la vertu, Marton, quand on peut-être heureux sans elle.

— Finissez....

— Quelle taille charmante!

— Je le sais.

— Quelles rondes épaules !

— On me l'a déjà dit !....

— Et ce pied, et ces mains, et ces yeux fripons, Marton, Marton, je suis amoureux de toi !

En parlant ainsi, Frontin attirait près de lui Marton, qui se défendait faiblement.... nous devons le dire, la vertu de la soubrette courait en ce moment de grands dangers, et aurait vraisemblablement succombé si, heureusement pour elle, au moment où Frontin posait déjà ses lèvres sur ses yeux fermés, la porte du fond ne s'était ouverte avec fracas, et le vicomte Hector de Bellechasse, le feutre sur l'oreille, la main sur la poignée de son épée, n'avait fait irruption dans la chambre.

— Bravo Frontin ! Bravo Marton !... s'écria le vicomte, quand les maîtres sont aux champs les valets font l'amour !... parfait mes enfants,

> Deux cœurs que l'amour enflamme
> Est-il rien de plus charmant?...

D'honneur, c'est un tableau délicieux !...

Frontin et Marton, la dernière un peu confuse peut-être, s'étaient éloignés rapidement et se tenaient à distance sans oser dire une parole; bientôt cependant, l'hilarité du vicomte gagna les deux coupables et tous trois s'unirent dans une même gaieté folle.

— A merveille, reprit bientôt après Bellechasse en frappant de la main droite un léger coup sur son feutre, à merveille, mes enfants, je suis enchanté de vous trouver ensemble, car j'ai à vous parler.

— A nous?

— A vous deux.

Les deux valets échangèrent un regard rapide, devinrent tout à coup sérieux, et se rapprochèrent du vicomte.

Ce dernier s'était jeté nonchalamment sur un sopha, il avait à sa droite Frontin, à sa gauche Marton.

— A toi d'abord, Frontin, dit-il en se tournant vers le valet du duc d'Amboise, et causons d'affaires sérieuses.

Frontin avait relevé la tête à ces paroles et ses regards s'étaient subitement allumés.

— Voyons, dit le vicomte sans prendre garde à cette transfiguration du valet, il y a longtemps que tu es au service du duc?

— Six ans, monseigneur, répondit Frontin.

— Et tu n'as jamais eu à t'en plaindre?

— Jamais.

— Tes gages sont toujours bien payés?

— Toujours....

— Et tu ne songes pas à le quitter?

— En aucune façon, monseigneur.

Le vicomte parut réfléchir pendant quelques secondes, puis il reprit, en regardant cette fois Frontin en plein visage.

— Combien te donne le duc pour le servir, dit-il d'un ton qui devenait plus bref à mesure qu'il parlait.

— Mille livres par an, répondit Frontin sans hésiter.

— Et combien demanderais-tu pour le tromper?

— Le triple, monseigneur.

Le vicomte tira de sa poche une bourse pleine et ronde, qui rendit dans ses mains un son sur la nature duquel il n'était pas permis de se tromper, et la jeta au valet.

— Il y a là dedans six mille livres, Frontin, ajouta-t-il; dès ce soir tu passeras à mon service.

— Est-ce possible, fit Frontin émerveillé.

— Compte si tu veux.

— Fi donc! dit le valet en faisant disparaître la bourse dans sa poche; et qu'aurai-je à faire?

— Je te l'expliquerai.

— Mais dans ce moment?

— Dans ce moment tu vas me laisser seul en compagnie de Marton, avec laquelle j'ai à m'entretenir.... quand je rentrerai ce soir, je veux te trouver à mon hôtel.

Frontin s'inclina humblement, fit signe à Marton et se retira.

Cependant, Marton était triste; elle suivit Frontin des yeux et poussa un gros soupir quand elle l'eut vu disparaître.

Le vicomte la regarda et sourit :

— Le départ de Frontin te rend soucieuse, dit-il à la jolie soubrette.

— Je le reverrai rarement, répondit cette dernière, maintenant qu'il passe à votre service.

— Qui sait?

— Et puis ce n'est pas cela qui me rend triste.

— Qu'est-ce donc?

— Je croyais Frontin plus attaché à M. le duc.

— Tu lui en veux de te quitter.

— Assurément.

— Pour six mille livres.

— Oh! qu'importe la somme !...

Marton prononça ces derniers mots d'une façon mélancolique qui mit le vicomte en joie :

— Je suis un imbécile, Marton, dit-il alors avec un redoublement de gaieté.

— Pourquoi donc cela, monseigneur, fit la soubrette.

— Je ne devinais pas.

— Y a-t-il donc quelque chose à deviner.

— Il y a, Marton, que si Frontin emporte une bourse dans laquelle sont renfermées six mille livres en or, il en reste une autre dans ma poche, qui ne lui est nullement destinée...

Et en parlant ainsi, Bellechasse tira de sa poche une seconde bourse, qu'il fit briller aux yeux de Marton.

Celle-ci eut comme un éblouissement...

— Est-ce que c'est pour moi, s'écria-t-elle naïvement et en joignant les mains?

— Ce sera pour toi si tu veux.

— Mais! je veux bien.

— Alors, réponds-moi.

— Je vous écoute, fit Marton en tendant les mains.

Le vicomte laissa tomber sa bourse dans les mains de la jeune fille, et la força ensuite de s'asseoir à ses côtés :

— Pergolette ne doit pas tarder à rentrer de l'Opéra, n'est-il pas vrai? demanda-t-il alors.

— Dans deux heures, au plus tard, monseigneur.

— Fort bien; le duc sera avec elle?...

— Vraisemblablement.

— Dis-moi, Marton, le duc et la Pergolette sont-ils bien ensemble?

— Ils sont au mieux.

— De sorte que le duc passera la nuit chez la Pergolette?

— Sans nul doute.

Le vicomte se frotta le front comme pour y fixer une idée qui le fuyait :

— La chambre à coucher de la Pergolette est située non loin d'ici, reprit-il après un moment de silence.

— A deux pas, monseigneur.

— Elle a deux entrées?

— Précisément.

— Une qui donne directement sur le jardin, l'autre qui ouvre sur les appartements.

— C'est cela.

— Marton, il me faudra pour cette nuit la clef de la porte qui ouvre sur le jardin.

— Mais si le duc venait, objecta Marton en riant.

— Qu'importe?

— C'est égal, ce sera drôle...

— Tu trouves?

— Ah! j'étais loin de penser que monseigneur fut amoureux de madame.

— Que veux-tu?...

— Et M. le duc qui croit...

— Et si ce n'était pas pour moi, Marton?

— Vraiment?...

— Peut-être bien...

— Et pour qui serait-ce donc?...

— Tu le sauras.

— Ma foi, voici une intrigue qui me semble bien embrouillée, monseigneur.

— C'est possible, donne-moi la clef de cette porte.

Marton tendit la clef au vicomte qui s'en empara avec vivacité; il se leva alors et se dirigea vers la porte. Cependant, arrivé sur le seuil, il se retourna et fit signe à Marton.

Celle-ci accourut :

— Marton, lui dit-il en lui prenant familièrement le menton, à bientôt...

— A bientôt, monseigneur.

— Ne parle à personne de tout ceci.

— Monseigneur peut être tranquille.

— Je le serai davantage quand je t'aurai dit que demain, si j'ai réussi, il y aura une seconde bourse pour toi.

— Dites-vous vrai?...

— Adieu, Marton.

— Au revoir, monseigneur.

Le vicomte allait partir; il se retourna une seconde fois...

— A propos, s'écria-t-il en riant et comme un homme qui se ravise.

— Qu'y a-t-il? fit Marton.

— Il est bien possible que j'aie besoin de toi cette nuit, où seras-tu?

— Dans ma chambre.

— Et tu me recevras, friponne?

— Je n'ai rien à refuser à monseigneur, répondit Marton avec un sourire provoquant et en faisant une révérence ironique.

Le vicomte s'éloigna enfin sur ces derniers mots et disparut en prenant la direction du jardin.

Il était temps, du reste, qu'il sortît, car la voiture de la Pergolette venait d'entrer dans la cour; la charmante courtisane en descendit aussitôt et courut se renfermer dans sa chambre.

Le duc d'Amboise n'était point avec elle!...

IX

LA PERGOLETTE.

— La vie est un sommeil, l'amour en est le rêve,
Et vous aurez vécu si vous avez aimé !...
(ALF. DE MUSSET.)

Il y avait alors à Paris beaucoup de femmes qui se disputaient le sceptre de la galanterie; mais aucune n'avait assurément plus de droits à le porter que la Pergolette.

C'était une des plus ravissantes créatures que la séduction eût encore jetée dans le tourbillon des plaisirs.

Depuis la mort de Louis XV et l'exil de la comtesse du Barry, les reines des fêtes de la ville avaient beaucoup perdu de leur importance, et il n'avait fallu rien moins que l'apparition de la Pergolette pour galvaniser, en quelque sorte, cette vieille société sans chaleur, qui s'en allait ivre et chancelante, comme au sortir d'une orgie, vers la mort qui l'attendait au détour de 89.

Pergolette revenait de l'Opéra où elle avait fait sensation et elle revenait radieuse des hommages nombreux qu'elle avait recueillis.

Pergolette était un enfant ; elle aimait à la folie ces succès passagers de l'amour-propre, sa vanité n'était point encore blasée, elle aimait à se trouver belle et à s'entendre dire qu'elle l'était.

Elle courut, en descendant de voiture, se réfugier dans sa chambre à coucher, et appela Marton.

Marton était prévenue de son retour, elle arriva aussitôt.

Pergolette fit alors approcher la glace, détailla encore dans un long et dernier regard toutes ces beautés charmantes qui s'y reflétaient, releva par un dernier geste de coquetterie ses longs cheveux blonds qui retombaient de chaque côté de ses joues, et se livra enfin aux mains de Marton pour sa toilette de nuit !...

On eût dit qu'elle hésitait à se dépouiller de ces ravissants ornements qui rehaussaient sa beauté, elle avait peine à quitter ces riches étoffes qui faisaient resplendir l'éclatante blancheur de sa peau et ces rubis aux mille couleurs et ces brillantes topazes qui étincelaient sous la lumière dorée des lampes...

Pergolette avait tort cependant...

Car lorsqu'elle eut laissé tomber à ses pieds la robe qui emprisonnait sa taille, quand son opulente chevelure roula dénouée sur ses épaules et qu'elle se retrouva debout et demi-nue devant la glace, croisant, comme la Vénus antique, ses deux bras blancs sur son sein ému, elle apparut ainsi tout à coup, si belle, si souriante, si gracieuse et en même temps si naïvement chaste que Marton elle-même recula charmée de deux pas, et qu'elle poussa un cri d'étonnement et d'admiration !...

— Eh bien ! qu'as-tu donc, s'écria Pergolette en courant pieds nus sur le tapis de la chambre pour chercher ses pantoufles que la soubrette ne songeait pas à lui donner !...

— J'ai que je vous regarde et vous admire, madame, répondit Marton en souriant.

— Te voilà comme le duc.

— C'est que M. le duc a bon goût.

— Parce qu'il m'a prise...

— Sans doute.

— Et que diras-tu de moi qui le garde, alors ?...

— Dam !...

— Allons, Marton, sois franche.

— M. le duc a, il est vrai, un certain âge.

— Il est vieux, n'est-ce pas...

— Pas trop.

— Soixante ans !...

— Il y en a de plus vieux ?

— Mais pas de plus laids.

Marton se tut, et baissa la tête pour cacher le rire qui lui vint sur les lèvres.

Mais elle eut beau le cacher, Pergolette remarqua son mouvement et l'attira impérieusement vers le sopha où elle s'assit.

— Non pas de plus laid, ma pauvre Marton, reprit-elle avec une petite moue charmante, pas de plus sot ni de plus méchant... Oh ! je le hais, ce vilain duc, et je voudrais bien que quelqu'un m'en débarrassât...

— Pauvre duc !

— Dis plutôt : pauvre Pergolette !

— Vous vous ennuyez donc ?

— A mourir.

— Il faut chercher des distractions.

— Où cela ?...

— Vous n'avez donc jamais rencontré dans le monde que vous fréquentez une personne que vous aimeriez à avoir près de vous, à vos heures d'ennui ?

— Je ne sais.

— M. le comte de Lauraynais, par exemple.

— Il est trop blond.

— Le duc de Soubise ?

— Il est trop gris.

— M. de Cossé, alors ?...

— Il est trop gros.

— Quelque petit page aux cheveux noirs, à l'œil mutin ?

— Je suis trop jeune.

— Si vous cherchiez !...

— C'est ce que je fais.

— Et vous n'avez rien trouvé ?

— Rien.

Marton se tut un instant comme si elle eût été embarrassée de ce qu'elle allait dire ; puis elle releva la tête et regarda sa maîtresse avec un franc sourire dans les yeux.

— Eh bien, moi, dit-elle, moi, je connais quelqu'un qui a toutes les qualités nécessaires pour vous rendre la plus heureuse des femmes.

— Voyez-vous cela, fit Pergolette avec une pointe de raillerie.

— Un véritable gentilhomme.

— D'honneur !

— Bien pris dans sa taille, élégant, généreux, qui porte un nom illustre et une épée courageuse.

— Enfin, un prince charmant, interrompit Pergolette avec un peu de dépit.

— Un simple vicomte, madame, repartit Marton, qui vous aiderait à passer les heures si longues et qui apportent tant d'ennui dans cet hôtel.

— Le fait est, ajouta Pergolette, que s'il pouvait me débarrasser du duc.

— Cela ne serait pas nécessaire.

— Comment...

— Vous ne me comprenez pas ?

— Fi !... tromper, être à deux.

— A trois, à quatre, qu'importe... voudriez-vous faire de l'arithmétique, là où il ne s'agit que de plaisir !...

— Non, répondit Pergolette, non, Marton, je veux inspirer une passion, et je n'en inspire pas, voilà pourquoi je souffre, pourquoi je m'ennuie.

— Grand Dieu ! s'écria Marton, en se levant avec effroi et en laissant tomber d'étonnement ses deux bras le long de son corps, est-ce que madame voudrait faire la folie de devenir amoureuse ?

— Tu appelles cela une folie ?

— Un malheur, madame, un grand malheur !

Pergolette se leva, jeta sur ses épaules un manteau de nuit en riches Valenciennes, et alla, sans répondre à Marton, s'accouder sur la fenêtre ouverte.

Une fois là, elle laissa retomber sa tête fatiguée dans ses deux mains et se prit à rêver.

Il y a des heures dans la vie où l'âme ploie mystérieusement sous le fardeau des douleurs inconnues, où l'imagination s'élance plus vive et plus ardente vers les sphères enchantées des mondes de l'avenir, où le cœur bat plus vite et cherche instinctivement cette terre promise de Dieu où les souffrances d'ici-bas cessent, où commencera le règne de la justice éternelle.

Pergolette était à une de ces heures !...

Son sein gonflé se soulevait avec effort, son regard allait se perdre sous les arbres du jardin et la pensée, mollement imprégnée d'amour et de mélancolie, s'envolait, tantôt triste et grave, tantôt ardente et folle, vers les riantes échappées que la lune lui ouvrait dans le ciel.

Pergolette rêvait.

Pauvre Pergolette !

Elle resta longtemps ainsi, courbant la tête sous le souvenir du passé qui l'accablait, écoutant, pleine de regrets, cette voix qui montait de son cœur et lui disait quelle autre existence eût pu être la sienne !

Quand elle se releva, elle était agitée et deux larmes coulaient silencieusement le long de ses joues.

Le vent s'était levé; elle frissonnait sous ses dentelles et voulut rentrer dans la chambre...

Mais au moment où elle fermait la fenêtre, et comme son regard plongeait une dernière fois sur les allées ombreuses du jardin, elle poussa un cri aigu et perçant et une pâleur livide se répandit tout à coup sur ses traits.

Marton était accourue toute tremblante à ce cri inattendu :

— Qu'y a-t-il? demanda-t-elle avec effroi, en recevant dans ses bras sa maîtresse prête à s'évanouir.

— Regarde! répondit Pergolette en étendant la main vers le jardin.

Marton regarda, et elle vit adossé à l'un des premiers arbres du jardin un homme qui, les bras croisés sur sa poitrine, semblait considérer avec attention l'hôtel de la courtisane :

— C'est lui, dit Pergolette avec un frisson.

— Qui, lui? demanda Marton étonnée.

— Tanneguy.

— Tanneguy?

— L'ennemi du duc.

— D'où savez-vous?...

— C'est lui, lui, te dis-je, qui m'a causé une si grande frayeur chez le duc de Duras... Va, Marton, qu'il s'éloigne, qu'il parte!

Et comme Marton, plus morte que vive, allait exécuter les ordres de sa maîtresse :

— Non!... ajouta Pergolette, non, reste; cet homme me fait peur... je n'oserai demeurer toute seule... le duc ne doit pas tarder... Attends...

Elle achevait à peine ces paroles, que la voiture du duc d'Amboise entra en effet dans la cour de l'hôtel.

Pergolette se laissa tomber sur un sopha, et Marton, qui se sentait vaguement coupable sans savoir précisément de quelle faute, tentait de s'esquiver.

Mais quand elle arriva à la porte de la chambre, elle s'y arrêta immobile et comme pétrifiée...

Le duc d'Amboise arrivait, suivi à peu de distance par le vicomte Hector de Bellechasse!...

<h2 style="text-align:center">X</h2>

LE DUC D'AMBOISE.

Quant au duc, ses agents y feront
autant que lui. (Satyre ménippée.)

L'arrivée du vicomte Hector de Bellechasse dans la chambre à coucher de Pergolette, à cette heure de la nuit et au milieu des circonstances présentes, fut presque un événement.

Pergolette, encore émue de l'apparition de Tanneguy sous les arbres du jardin, le salua avec une sorte de froideur embarrassée; et Marton, qui se demandait, épouvantée, quelle mystérieuse coïncidence il pouvait y avoir entre les projets du vicomte et ceux de Tanneguy, ne put voir passer le premier sans frémir et sans songer au second.

Cependant, Bellechasse conservait toujours cette allure particulière aux gentilshommes du xviiie siècle, allure impertinente et débraillée; il s'avança vers Pergolette, la tête haute et le sourire sur les lèvres, et lui prit galamment la main qu'il baisa.

— Mille pardons, dit-il, mille pardons, ma chère Pergolette, d'être venu vous troubler à une pareille heure de nuit; mais M. le duc est le seul coupable, et c'est à vous de le gronder bien fort, pour les deux instants de tête-à-tête que je viens vous enlever.

Pergolette eut une seconde de gaieté et Marton sentit la peur s'évanouir.

Quant au duc, il n'avait pas sourcillé.

— Mon enfant, dit-il à Pergolette quand le vicomte de Bellechasse eut cessé de parler et qu'il se fut assis, M. de Bellechasse ayant à m'entretenir d'affaires très-graves, j'ai pris la liberté de l'amener ici, malgré l'heure avancée de la nuit.

— Tout ce que vous faites est bien fait, monseigneur, répondit Pergolette.

Le duc se retourna vers le vicomte.

— Et maintenant, monsieur de Bellechasse, ajouta-t-il, je vous écoute.

Bellechasse qui, en ce moment, examinait avec une profonde attention la chambre dans laquelle il se trouvait, s'interrompit dans son examen, et, se tournant à son tour vers le duc, il s'inclina profondément :

— Nous y voici, monsieur le duc, répondit-il en jouant avec les dentelles qui tombaient à flots sur ses mains, et permettez-moi d'abord de m'excuser, ce que je n'ai point encore fait, d'avoir arrêté votre carrosse au milieu de la rue; il a fallu, croyez-le bien, que je fusse poussé par un motif bien grave, pour passer ainsi par-dessus toute convenance.

— Et quelle est donc cette affaire si grave? interrompit le duc.

— Il n'y allait que de votre vie même, répondit Bellechasse.

— Vraiment!...

— Rien que cela, monsieur le duc; sans doute, vous avez appris qu'à la dernière fête donnée chez la Huss par M. le duc de Duras, un homme a fait un certain scandale, et je dirai même une certaine sensation en réclamant impérieusement, et la menace sur les lèvres, qu'on lui indiquât votre demeure... Eh bien! monseigneur, cet homme qui paraît être doué d'une énergie et d'une audace sans seconde, cet homme qui a fait cent cinquante lieues pour vous trouver, il vous tuera sans pitié à la première rencontre, si vous ne lui accordez pas l'honneur de vous voir et de vous parler. Ce n'est point une menace que je vous apporte de sa part, c'est une prière que je transmets à son adresse.

Le duc n'avait cessé de regarder le vicomte avec attention, pendant qu'il parlait, et un certain embarras se lisait sur sa figure; on devinait qu'il y avait dans son esprit une hésitation, un doute dont il cherchait à repousser l'influence.

— Mais je ne puis recevoir cet homme chez moi, répondit-il avec une bonhomie parfaitement jouée.

— Qu'à cela ne tienne, interrompit le vicomte, cet homme se rendra au lieu que monseigneur voudra bien lui indiquer.

— Et vous pensez qu'il n'y aura aucun danger à le voir?...

— Aucun.

— Fort bien.

Le petit duc s'était levé; il fit quelques pas rapides à travers la chambre; sa physionomie avait complètement changé; toute hésitation avait disparu; ses sourcils s'étaient rapprochés, il était affreux à voir ainsi.

— Fort bien, répéta-t-il, tout en parcourant la chambre, je vous remercie, mon cher monsieur de Bellechasse, de la peine que vous avez prise, mais je crains qu'elle ne soit parfaitement inutile.

— Vraiment? fit Bellechasse étonné.

— Sans doute, poursuivit le duc, vous savez bien, mon cher vicomte, que j'ai autour de moi une police active, dont les regards sont sincèrement ouverts, dont l'esprit est toujours en éveil... Cette police m'en a plus appris que vous m'en rapportez là!...

— Dites-vous vrai?

— Vous allez voir : cet homme qui s'appelle Tanneguy de son nom de baptême, et Lebras de son nom de famille, a fait cent cinquante lieues dans le seul but de me tuer... Depuis l'instant où il a mis le pied dans la capitale, il n'a cessé de me rechercher, et il n'en a été détourné que par l'apparition sur sa route d'un carrosse dans lequel se trouvait une jeune personne qu'il a cru reconnaître.

— Et quelle est cette personne? demanda Bellechasse avec une émotion qu'il parvint à comprimer.

— Vous l'ignorez?...

— Sans doute, fit le vicomte avec une indifférence affectée.

— Alors, il est inutile que je vous le dise, répondit sèchement le duc.

Bellechasse avait un but arrêté en demandant au duc un rendez-vous pour Tanneguy. Il voulait tout simplement s'emparer du duc d'Amboise, et, pour ce coup de main, Horatius, Vulcain et Burrhus, prévenus d'avance, se tenaient prêts. Bellechasse savait que c'était là le seul moyen d'arracher Annaïk au malheur qui la menaçait. Tout autre expédient eût pu être dangereux; car, outre que le duc était puissant et lié d'intérêts avec le lieutenant de police, on savait qu'il n'eût reculé devant rien, pas même devant un crime, pour faire disparaître toute trace du rapt dont il s'était rendu coupable. Ce n'était donc pas seulement l'honneur d'Annaïk qui courait le plus grand danger; sa vie même était exposée.

Quel sentiment poussait le vicomte à se dévouer ainsi au salut de la sœur de Tanneguy.

Bellechasse avait voué sa vie à toutes les nobles causes.

Et puis Annaïk était si belle, si naïve; si chastement adorable, que le vicomte avait gardé d'elle un tendre et profond souvenir.

D'ailleurs, il y avait eu, le matin, une entrevue entre Tanneguy et le vicomte.

Le jeune Breton avait juré de coopérer à l'œuvre de gueux, et Bellechasse avait juré que Tanneguy serait vengé!

Le duc d'Amboise poursuivit cependant :

— Si cet homme était arrivé à Paris dans les conditions ordinaires d'un voyageur qui vient visiter la capitale, je ne m'en occuperais pas plus que de ça.

Et le duc laissa, en parlant de la sorte, tomber sur le parquet une prise de ce tabac qu'il tenait entre le pouce et l'index.

— Mais il n'en est pas ainsi, poursuivit-il aussitôt; par un hasard que je ne m'explique pas, il a rencontré le jour même de son arrivée, dans les rues de Paris, un de ces hommes étranges, gentilshommes de grand chemin, sorte de bohémien errant que le monde accepte, que les femmes adorent, mais que la police surveille.

Cette fois l'impatience de Bellechasse fit place à un sentiment très-prononcé de curiosité et il porta au duc une attention plus vive.

— Ce grand seigneur en guenilles, si je puis m'exprimer ainsi, continua ce dernier, est fort connu, sans qu'il s'en doute; on a découvert d'où il venait et l'on pourrait dire les pays qu'il a habités avant de se fixer dans la capitale : comme je vous l'ai dit, c'est une sorte de bohémien errant, un artiste politique qui a visité avec enthousiasme les diverses contrées du globe et y a coopéré plus ou moins directement aux événements qui les ont agitées; il est allé successivement en Italie, en Allemagne, en Angleterre, en Espagne, en Amérique même, et dans chacun de ces pays, il a pris une part active aux manifestations les plus révolutionnaires des sociétés secrètes : ici avec les Illuminés, là avec les Francs-Maçons, partout avec les hommes qui se cachent dans l'ombre pour préparer leur œuvre maudite, comme les mineurs intrépides descendent dans les entrailles de la terre, pour faire sauter une ville entière. Il y a longtemps que la police a l'œil sur lui, et désormais elle est décidée à tout pour l'arrêter.

— Encore, objecta Bellechasse, faudrait-il savoir...

— Oh! fit le duc, la police sait tout ou à peu près; elle ne sait pas précisément ce qu'il veut, mais elle sait ce qu'il fait; on ignore où il va, mais on connaît la route qu'il prend, elle est ténébreuse, voilée, pleine de mystère; en un mot, c'est un homme très-dangereux pour qu'on tarde plus longtemps à le mettre dans l'impossibilité de nuire.

Le vicomte de Bellechasse s'était levé sur ces derniers mots; il fit quelques pas vers le duc :

Monseigneur, dit-il alors d'une voix grave et d'un ton presque solennel, ne craignez-vous pas que si l'homme dont vous parlez, le bohémien errant, le gentilhomme de grand chemin, le grand seigneur en guenilles, venait à savoir la façon peu convenable dont vous le traitez, il ne lui prît fantaisie de se charger lui-même du soin de venger Tanneguy Lebras.

— L'un et l'autre m'importent peu, répliqua le duc.

— C'est que, poursuivit le vicomte, tout averti que l'on soit de ses démarches, le hasard pourrait amener des rencontres telles, que toutes mesures prises contre lui deviendraient inutiles, où la nature audacieuse de son caractère se réveillerait, où enfin, il pourrait aisément et impunément châtier les insolents qui l'insultent et les lâches qui le vendent.

— Il serait libre, fit le duc.

— Vous savez bien des choses, monsieur le duc, continua Bellechasse en se dirigeant vers la fenêtre sur laquelle il se pencha, mais vous ignoriez sans doute que, cette nuit, et dans la chambre à coucher de votre maîtresse, vous vous trouveriez en présence de ces deux hommes qui, tous les deux, ont à tirer de vous une vengeance terrible.

— Pardonnez-moi, reprit le duc d'Amboise qui marcha vers la cheminée où il tira un cordon de sonnette, et dans cette prévision j'avais pris mes mesures en conséquence.

Alors, et comme si cette scène se fût passée au théâtre où les péripéties du drame se succèdent rapides, imprévues, pendant que la porte qui donnait sur le jardin s'ouvrait avec fracas pour livrer passage à Tanneguy, l'autre porte, celle qui donnait sur les appartements, s'ouvrait également pour laisser passer un exempt de police suivi de huit à dix estafiers.

Bellechasse resta stupéfait.

Tanneguy promena successivement son regard du duc d'Amboise aux estafiers et le ramena enfin, chargé de reproches, vers le vicomte.

— Nous sommes trahis !... fit Tanneguy en laissant tomber ses deux bras découragés le long de son corps.

— Du courage!... fit Bellechasse.

— Où va-t-on nous mener?

— Nous allons le savoir.

L'exempt s'avançait, en effet, tenant d'une main deux lettres de cachet ouvertes, et, de l'autre, son chapeau, comme un exempt bien élevé habitué à vivre en bonne compagnie.

— Monsieur le vicomte Hector de Bellechasse, demanda-t-il d'une voix nazillarde et en s'inclinant respectueusement.

— C'est moi, répondit Bellechasse en faisant quelques pas vers les estafiers.

— Monsieur Tanneguy Lebras... ajouta l'exempt en se relevant, et en jetant son chapeau sur son front.

— C'est moi !... répondit à son tour le paysan.

L'exempt fit alors signe à ses aides qui s'avancèrent, et se tournant de nouveau vers les deux jeunes gens :

— Messieurs, leur dit-il, veuillez me suivre.

— Et où nous conduisez-vous, demanda Bellechasse avec un sourire qui intrigua le duc d'Amboise.

— A la Bastille, répondit l'exempt.

Tanneguy eut un frisson, Bellechasse se pinça les lèvres.

— O ma sœur! ô mon père! fit Tanneguy avec désespoir.

— Pauvre Annaïk! soupira le vicomte; te voilà donc livrée sans défenseur, sans vengeur!

Cependant, Bellechasse avait trop d'assurance naturelle pour ne pas prendre vivement le dessus; il releva hardiment le front, le sourire reparut sur ses lèvres et la gaieté rayonna de nouveau sur son visage.

— A bientôt, dit-il en passant devant le duc, j'espère que nous nous reverrons, monseigneur.

— Je ne le pense pas! répondit le duc.

— Bah! on revient de bien loin, quelquefois.

— On ne revient jamais de l'endroit où l'on vous mène, murmura le duc presque à son oreille.

Bellechasse eut un mouvement de pitié; il frappa légèrement sur son feutre et mit la main à la poignée de son épée.

— Eh bien, dit-il avec un élan de folle gaieté, que Dieu nous réserve la joie de nous revoir, ou qu'il nous sépare à tout jamais, rendez-moi du moins un dernier service, monsieur le duc.

— Lequel? demanda ce dernier.

— Dites-moi le nom de celui qui nous a si bien servis.

Le duc se frappa le front avec vivacité.

— Pardieu, j'allais l'oublier, s'écria-t-il.

Et se tournant vers une porte latérale, il fit un signe, et Frontin parut.

— Monsieur Crampton, dit alors le duc en jetant à l'exempt une énorme bourse, M. le vicomte de Bellechasse m'a témoigné le désir d'avoir son valet près de lui, faites-moi le plaisir de l'emmener avec vous.

L'exempt s'inclina et deux estafiers allèrent s'emparer de maître Frontin, qui fit une horrible grimace.

Quand cette dernière cérémonie eut été exécutée, la petite troupe se mit en marche, Tanneguy en tête, le vicomte de Bellechasse et Frontin en dernière ligne.

XI

DU BON TOUR QUE FRONTIN JOUA A M. CRAMPTON.

> — C'est un trait de Bélial! non!
> par tous les dragons, nous n'avons
> jamais rien fait de semblable.
> (SCHILLER.)

Le vicomte de Bellechasse était un des esprits les plus vifs, les plus nets de cette époque; du premier coup d'œil, il jugea sainement la position et vit bien qu'elle était fort mauvaise. Il ne pouvait se dissimuler que lui, qui n'avait fait que passer dans la société de Paris sans y prendre racine, n'y laisserait pas de sympathie assez vive pour espérer de sortir bientôt de l'impasse dans laquelle il se trouvait.

Le vicomte en prit bien vite son parti, et, comme c'était un homme de résolution singulière et d'aplomb admirable, il eut bientôt déterminé dans son esprit les moyens extrêmes que l'on pouvait mettre en œuvre pour se tirer d'affaire.

Et d'abord, il voulut nettoyer le terrain, afin d'avoir tout de suite les coudées franches et de savoir à quoi s'en tenir.

Il pressa le pas et rejoignit Tanneguy.

Tanneguy était profondément triste. Il pensait à son père, à Annaïk, sa sœur, et il se disait que c'en était fait d'eux, maintenant qu'on jetait à la Bastille la seule personne qui s'intéressât à leur existence; il ne cherchait pas à lutter contre le malheur qui l'accablait; il était abattu, pensif et morne...

Quand la main du vicomte s'abattit sur son épaule, il tressaillit et releva la tête.

— Est-ce que nous sommes déjà arrivés? s'écria-t-il en frissonnant.

— Non, de pardieu! répondit le vicomte; êtes-vous donc si pressé d'en finir...

— Je voudrais mourir, fit Tanneguy d'une voix brisée.

— Eh! là! là! mon ami, du calme, que diable! nous ne sommes pas morts encore, je présume... et plus d'un sont sortis de la Bastille.

— Croyez-vous que nous en sortirons, nous?

— J'espère que nous n'y entrerons pas, fit le vicomte à voix basse.

— Que dites-vous? fit Tanneguy.

Bellechasse se pencha à l'oreille du Breton, et, jetant un regard soupçonneux à droite et à gauche, comme pour s'assurer que les estafiers ne prenaient point garde à lui :

— Tenez-vous prêt à tout... dit-il à Tanneguy ; il y a loin d'ici à la Bastille. Dieu sait ce que nous rencontrerons en chemin...

— Que va-t-il donc se passer? demanda Tanneguy étonné.

— Vous le verrez bien, répondit le vicomte en s'éloignant.

Et il se dirigea aussitôt vers Frontin.

Des trois prisonniers, Frontin n'était pas le moins désagréablement affecté de ce qui lui arrivait. Son imprudence seule avait causé la catastrophe; il avait dit qu'il quittait le service du duc pour passer à celui du vicomte. Un indiscret l'avait immédiatement rapporté au duc. Or, le duc se trouvait ce soir-là chez le lieutenant, à l'effet d'en obtenir une lettre de cachet qui le rassurât contre Tanneguy; tout en devisant, on avait parlé du vicomte. Le vicomte était signalé depuis quelques jours pour certains faits que le lecteur apprendra plus tard. Le duc avait offert au lieutenant de police de se charger de deux lettres de cachet. Frontin savait tout cela; il ne se pardonnait pas d'avoir, par son indiscrétion, amené ce fatal événement, et se demandait ce que l'on pouvait faire dans une situation aussi désespérée. Frontin était un garçon de ressources, mais il en fallait beaucoup pour se tirer de ce mauvais pas.

Le vicomte le trouva dans cette disposition d'esprit; il le prit à part et ralentit un peu le pas.

— Frontin, lui dit-il d'une voix rapide et qui témoignait d'une résolution déjà bien arrêtée, Frontin, à quoi penses-tu?

— Je pense que nous allons à la Bastille?... répondit le valet en secouant la tête.

— Et cela te rend triste.

— Cela n'est pas fait pour me réjouir.

— Une fois à la Bastille, Frontin, ne crois-tu pas qu'il serait bien difficile d'en sortir?...

— Ce serait impossible, monseigneur.

— Il vaudrait mieux ne pas y entrer, alors...

— Assurément...

— Mais le moyen?

— Je n'en vois pas.

— Je te croyais de l'esprit, Frontin...

— Vous étiez bien bon, monseigneur.

— Ainsi, tu n'as rien trouvé?

— Je n'ai point encore cherché.

— Eh! vite, Frontin, cherchons, cherchons.

Il se fit un silence. Frontin marchait silencieusement à côté du vicomte, les yeux fixés à terre, les bras pendant le long du corps; il paraissait réfléchir profondément. Le vicomte réfléchissait aussi, mais son esprit enfantait mille projets à la fois, dont aucun n'était précisément exécutable.

— Frontin, dit-il enfin au valet, qui releva vivement la tête, connais-tu ce M. Crampton qui nous conduit?

— Un peu, monseigneur.

— C'est un ami du duc?...

— C'est son âme damnée.

— Et quel homme est-ce?

— Intéressé, avare, cupide, et qui se ferait bâtonner pour un écu.

— S'il ne s'agissait que de le bâtonner, objecta le vicomte en souriant.

— Malheureusement il s'agit d'autre chose, repartit Frontin.

Mais le vicomte venait de s'arrêter; il se frappa le front comme poussé par une idée subite.

— Certes, dit-il à voix basse, on ne peut raisonnablement demander à M. Crampton qu'il nous accorde notre liberté sans qu'on lui offre de mettre sa responsabilité à couvert.

— Et comment mettre sa responsabilité à couvert? fit Frontin.

— J'ai quelques amis dans la rue de l'Homme-Armé...

— Une bien vilaine rue, monseigneur, et qui nous détourne de notre chemin.

Tanneguy et ses deux conducteurs étaient descendus dans la rue. (P. 15, col. 1.)

— Il suffirait de décider M. Crampton....

— L'exempt est de sa nature assez poltron.

— Je le sais.

— Et la rue de l'*Homme-Armé* est une rue bien mal famée.

— On lui promettra une bonne somme.

— Ce n'est pas assez de la promettre.

— Il faudrait la donner?

— Oui, monseigneur.

— Comment faire.

— Monseigneur n'a-t-il pas par hasard sur lui une bourse pareille à celle qu'il a eu la bonté de me donner?

— Hélas! non, Frontin, répondit le vicomte en frappant sur ces poches vides.

— C'est là une bien grande imprudence, monsieur de Bellechasse, poursuivit Frontin, qui, tout en parlant, ne cessait, cependant, de songer à la gravité de la position; une imprudence qui vous fera mourir à la Bastille, à moins que Dieu ne fasse un miracle en notre faveur, et M. Crampton ne croit guère aux miracles.

— Il vaudrait mieux de l'argent.

— Sans aucun doute.

— Ah! si tu avais la main leste, Frontin!

— Que voulez-vous dire, Monseigneur?

Le vicomte fit un geste impossible à décrire.

Frontin se frappa le front.

— Compris! fit-il. Et je n'y avais pas pensé, moi, Frontin!

— Bah! l'exécution vaudra mieux que l'invention.

— Eh bien, je vais servir à M. Crampton un plat de votre métier.

Et l'honnête valet, laissant son nouveau maître partagé entre l'inquiétude et l'espoir, pressa aussitôt le pas et alla rejoindre M. Crampton qui marchait seul à côté de la petite troupe.

M. Crampton et Frontin se connaissaient de longue date, pour s'être vus souvent chez le duc d'Amboise, et les deux hommes avaient grandi et s'étaient développés dans la haine et le profond mépris qu'ils s'inspiraient réciproquement.

Frontin salua l'exempt avec toute la grâce et l'humilité qu'exigeaient les honorables fonctions que remplissait en ce moment M. Crampton.

M. Crampton rendit à Frontin un petit salut assez impertinent.

— Le malheur qui m'arrive, commença Frontin, a été si imprévu, j'étais si loin de m'attendre à une pareille catastrophe, que je n'ai point songé tout d'abord à saluer une ancienne connaissance... Monsieur Crampton, je vous salue bien.

— Je suis bien le vôtre, monsieur Frontin, repartit M. Crampton, d'un ton assez brusque.

Bourges. — Typ. et ster. M. et P.-E. Charaire.

Il y a là-dedans six mille livres, Frontin! (P. 18, col. 2.)

— Votre santé a toujours été bonne depuis que j'ai eu le plaisir de vous voir?

— Toujours, monsieur Frontin, et la vôtre?...

— Excellente, M. Crampton.

Tout en parlant ainsi, Frontin prenait certains airs mystérieux; il regardait soupçonneusement de côté et d'autre et coupait régulièrement sa marche de courtes stations qui éveillèrent enfin l'attention de l'exempt.

— A quoi pensez-vous donc, monsieur Frontin, lui dit-il, de ralentir ainsi votre marche et de jeter des regards effarés à droite et à gauche; il faut en prendre votre parti, voyez-vous, et, après tout, M. le duc vous aime et il ne vous oubliera pas...

— Ce n'est pas du duc qu'il s'agit, repartit Frontin en baissant le ton.

— Et de qui donc?

— Du vicomte.

— M. de Bellechasse?

— J'ai à vous parler...

— Vous ne me connaissez pas, monsieur Frontin, voulut dire l'exempt.

— Tirons de ce côté, interrompit le valet sans prendre garde à l'objection; à dix pas d'ici, nous pourrons causer plus à notre aise...

Il prit l'exempt par le bras et le retint de la sorte presque malgré lui jusqu'au moment où la petite troupe eut gagné quelque avance.

— Mais enfin, reprit M. Crampton quand ses estafiers furent passés et qu'il se trouva seul avec Frontin, que voulez-vous de moi?...

— Un petit service, monsieur Crampton, répliqua le valet, un petit service que l'on payera très-cher.

— Je connais cela...

— Le vicomte est très-généreux.

— Je le crois.

— Il est très-riche.

— Je le sais.

— Et il ne refusera rien à celui qui nous aura sauvé la vie!...

— C'est possible, mais je connais mon devoir... et jamais...

— Monsieur Crampton...

— Assez.

— Vous êtes bon...

— Du tout...

— Vous aimez à rendre service.

— Pas le moins du monde.

— Et quand le service est bien payé...

— Plus un mot, interrompit brusquement l'exempt en

4

cherchant vainement à se dégager des étreintes singulières de Frontin.

Depuis un moment, en effet, l'honnête valet s'était pour ainsi dire jeté sur M. Crampton, et il pressait vivement ses mains, ses genoux, son corps, le suppliant avec des larmes de lui accorder ce qu'il demandait.

M. Crampton restait impassible et ne paraissait pas disposé à entrer dans les vues de Frontin.

Enfin, ce dernier se redressa, et comme si un changement complet se fût tout à coup opéré en lui, il cessa aussitôt toutes les adulations dont il accablait l'exempt.

M. Crampton parut un instant inquiet de cette nouvelle manœuvre et jeta un regard soupçonneux pour interroger les environs.

Il n'y avait rien dans les environs qui fût susceptible de lui causer la moindre inquiétude.

Il se rassura.

Frontin était toujours devant lui, mais non plus dans l'attitude suppliante d'un coupable ; il tenait dans sa main une belle et riche bourse dans laquelle sonnaient de beaux écus d'or et se redressait maintenant avec une orgueilleuse indépendance.

M. Crampton lorgna la bourse et parut satisfait du contenu.

— Mon maître, dit alors Frontin, n'a que l'argent indispensable que tout gentilhomme porte sur soi, mais il a dans son cœur le fécond sentiment de la reconnaissance, et si M. Crampton voulait se laisser attendrir, il serait demain le plus riche des exempts de la capitale.

M. Crampton fit entendre un grognement de désir contenu.

— Et remarquez, poursuivit le valet, que M. le comte de Bellechasse porte trop d'amitié aux exempts en général et à M. Crampton en particulier, pour vouloir le jeter dans un embarras dont il ne pourrait sortir. M. de Bellechasse ne demande pas qu'on le mette en liberté, il demande seulement qu'on l'aide. Il n'exige pas qu'on renonce à le conduire à la Bastille, il désire seulement tracer lui-même l'itinéraire qu'on devra suivre.

M. Crampton tendit instinctivement la main vers la bourse.

— Et cet itinéraire, demanda-t-il avec un tremblement cupide.

— La rue de l'Homme-Armé, répondit Frontin, en laissant tomber les beaux écus d'or dans la main de l'exempt.

Deux hommes intelligents, comme l'étaient M. Crampton et M. Frontin, n'avaient pas besoin d'échanger beaucoup de paroles pour se comprendre.

Dès que Frontin eût lâché la bourse, dès que M. Crampton l'eût reçue et fait disparaître dans sa poche, le premier se hâta de rejoindre son maître, tandis que le second regagnait vivement la tête de la petite colonne.

— Eh bien ? fit le vicomte en voyant revenir son valet.

— L'affaire est faite, répondit ce dernier.

— Il a consenti…

— Vous allez voir.

— Tu as pu l'attendrir ?

— La pluie d'or, monseigneur.

— Tu as donc réussi à…

— Je connais la tire, monseigneur, et je vous avais compris. Je me suis rappelé à temps, monseigneur, cette magnifique bourse que M. le duc a jetée à l'exempt avant notre départ… Il eût été injuste qu'elle ne servît qu'à nous faire incarcérer.

Le vicomte ne répondit pas, il admirait. Frontin était décidément la perle des valets du XVIIIe siècle, et il eût rendu des points à Figaro.

Cependant, la bourse produisait déjà son effet, et les estafiers avaient, sur l'ordre de M. Crampton, pris un détour qui devait les mener vers la rue Saint-Denis.

Il n'y avait pas précisément loin de la rue qu'ils venaient d'atteindre, à la rue de l'Homme-Armé ; dès ce moment, chacun se mit à presser le pas ; l'exempt lui-même avait hâte

de rentrer au logis pour y compter tout l'or qu'il avait gagné dans cette nuit mémorable.

Tout à coup, M. Crampton s'arrêta !…

XII

SUITE.

M. Crampton était intéressé, avare, cupide ; il avait d'ignobles défauts, sans posséder une seule qualité ; il se serait laissé bâtonner en place publique pour gagner un pauvre écu de six livres.

Frontin l'avait dit, et Frontin connaissait par cœur les exempts de la capitale.

Ce n'était donc point un scrupule d'honnête homme qui venait d'arrêter M. Crampton.

Ce n'était pas non plus la peur, car M. Crampton n'était point lâche, et il tenait presque autant à la vie, qu'il paraissait tenir à ses écus ; il ne cherchait pas le danger, mais il ne le fuyait pas non plus, et jamais, dans l'exercice de ses honorables fonctions, on n'avait vu M. Crampton reculer d'une semelle.

Il y avait cependant un motif à l'attitude nouvelle qu'il venait de prendre, et ce motif avait paru si grave à Bellechasse et à Frontin, qu'ils avaient échangé un terrible regard, et que Bellechasse s'était précipité vers Tanneguy, et maintenant il lui parlait à l'oreille.

M. Crampton n'avait rien remarqué… ni l'inquiétude de Frontin, ni l'élan du vicomte, ni l'espèce de grognement de joie de Tanneguy.

M. Crampton était cloué à sa place, et ses regards, fixés au sol, semblaient ne pouvoir s'en détacher.

On venait d'atteindre la rue des Lombards, on n'était qu'à quelques pas de celle de l'Homme-Armé et l'on pressentait à l'attitude de chacun qu'il allait se passer quelque chose d'extraordinaire.

Il n'y avait personne dans la rue, personne aux fenêtres…

Les boutiques étaient fermées hermétiquement et les réverbères jetaient sur le pavé une lueur vacillante qui donnait à chaque objet une forme singulière et presque fantastique.

M. Crampton ne bougeait pas.

L'exempt demeurait anéanti à sa place, et sa main, qui s'était glissée dans sa poche, y restait comme pétrifiée.

C'est que M. Crampton, éclairé tout à coup par une de ces illuminations subites, venait enfin de comprendre la fourberie dont il avait été victime.

Au lieu de deux bourses, il n'en avait trouvé qu'une dans sa poche !…

A vrai dire, il était un peu tard pour faire cette remarque, et la retraite paraissait désormais non-seulement peu honorable, mais même fort peu sûre.

La rue de l'Homme-Armé n'était plus qu'à deux pas, et le vicomte avait des amis dans la rue de l'Homme-Armé.

Dans toute autre circonstance, M. Crampton aurait accepté avec résignation la nécessité qui lui était imposée, mais il avait cette fois trop à cœur de se venger pour ne pas tenter de soutenir la lutte qu'on allait vraisemblablement lui offrir.

Il se remit donc en marche aussitôt et arrêta la tête de la petite colonne dont il était le chef.

Les estafiers obéirent sans mot dire, et se rangèrent par instinct le long de la muraille, contre laquelle ils acculèrent leurs prisonniers.

Le vicomte vit bien que M. Crampton avait tout découvert et qu'il était urgent de parer au plus tôt à cette nouvelle catastrophe.

Vaincus sur ce terrain, ils étaient perdus à tout jamais.

Et le vicomte avait autre chose à faire pour le moment que d'aller s'enterrer vivant dans les profondeurs de la Bastille.

Il s'opéra donc chez lui, en une seconde, un changement

merveilleux, sa taille se redressa droite et ferme, son visage devint tout à coup sérieux et menaçant, et son œil vivement allumé sembla lancer des éclairs.

Alors et comme le cercle des estafiers, dans lequel ils étaient renfermés, allait se rétrécissant toujours, il tira de sa poche un petit sifflet d'argent, et fit entendre un son aigu et perçant que tous les échos des rues avoisinantes se renvoyèrent en ricanant.

M. Crampton pâlit et les estafiers hésitèrent.

Le vicomte tira aussitôt son épée, et frappant énergiquement à droite et à gauche, il rompit le cercle qui l'étreignait et passa de l'autre côté de la rue, en entraînant à sa suite Tanneguy et Frontin.

D'ailleurs, au signal qu'il venait de jeter, quatre ou cinq portes de la rue le *l'Homme Armé* s'étaient ouvertes et quelques hommes en guenilles et à figure suspecte accoururent se ranger de son côté. Il y avait là, entre autres, Horatius, Burrhus, Vulcain.

Et alors, à un cri sauvage, poussé inopinément par Tanneguy et répété aussitôt par les combattants d'occasion qui étaient accourus au signal du vicomte, les deux troupes s'ébranlèrent et se ruèrent l'une sur l'autre, l'épée haute et avec mille imprécations de haine et de vengeance.

Tanneguy, le vicomte et Frontin comprenaient qu'ils y allait de leur liberté et de leur vie, et ils aimaient encore bien mieux mourir de la sorte que d'aller pourrir dans les cachots de la Bastille.

Rien ne saurait rendre l'animation, le courage, l'audace qu'ils déployèrent en cette circonstance; et les journaux du temps en consacrèrent le souvenir par des éloges enthousiastes qui furent pendant quelques jours l'objet des conversations de la cour et de la ville.

Les estimables estafiers ne s'étaient jamais trouvés à pareille fête, et on eût dit que pour le plaisir de la nouveauté ils avaient puisé dans leur cœur un courage inusité; ils supportèrent l'attaque de leurs adversaires avec une fermeté vraiment stoïque et ne reculèrent pas d'une semelle...

L'affaire était donc engagée; rien ne pouvait en arrêter les conséquences.

Le vicomte et Tanneguy espéraient bien sortir vainqueurs de la lutte; M. Crampton comptait bien reprendre ses prisonniers.

Mais le destin est impénétrable, et jusque-là nul n'eût pu dire de quel côté la fortune allait passer.

Que le lecteur ne nous en veuille donc pas trop, mais nous ne lui dirons que dans les chapitres qui vont suivre l'issue de ce combat mémorable.

XIII

CE QUE L'ON PEUT VOIR A TRAVERS LE TROU D'UNE SERRURE.

> Sorciers, bateleurs ou filous,
> Reste immonde
> D'un ancien monde,
> Sorciers, bateleurs ou filous,
> Gais bohémiens, d'où venez-vous?
> (BÉRANGER.)

Dans le boudoir d'un somptueux hôtel du faubourg Saint-Honoré, une jeune fille était accoudée sur l'appui d'une fenêtre, et, dans cette attitude mélancolique, elle semblait rêver profondément.

La fenêtre donnait sur un magnifique jardin; on était au commencement d'octobre; la nuit était venue; les feuilles, jaunies par les derniers souffles du printemps, tombaient une à une avec un frémissement monotone. Nul bruit au dehors, nul bruit non plus au dedans...

La jeune fille avait penché sa tête blonde sur sa main; son cœur battait avec précipitation; deux larmes coulaient silencieusement le long de ses joues maigres et pâles.

Cette jeune fille, le lecteur la connaît; il l'a entrevue une fois déjà, passant solitaire et résignée, sur les grèves pittoresques de la Bretagne.

C'est Annaïk.

Annaïk, nourrissant dans son cœur brisé une douleur amère, un désespoir mortel! Cherchant en vain à se rassurer contre les tourments qui l'assiégent, épiant le moment où elle pourra secouer ce malheur qui la tue!

Nous sommes ici dans la maison du duc d'Amboise; une demeure comme tous les grands seigneurs du temps en possédaient. C'était en quelque sorte une oasis de volupté où le noble duc allait cacher ses turpitudes et ses infamies quand il lui prenait envie de les cacher.

Cela n'arrivait pas fréquemment, mais enfin cela arrivait quelquefois.

Nous ferions rougir le lecteur, si nous racontions ce qui se passait à de certains jours ou à de certaines heures dans cette petite maison du duc d'Amboise.

Annaïk était une des victimes du duc, mais ce dernier avait, pour cette fois du moins, usé d'un raffinement qui jusqu'alors avait préservé la pauvre enfant.

Le duc était vieux; il avait depuis longtemps vécu au milieu des plaisirs énervants de cette époque, et, lorsqu'il connut Annaïk, ce fut bien plutôt le dévergondage que le désir réel de la possession qui le poussa à la faire enlever et à l'amener à Paris. Annaïk, jeune, belle, et que la nature avait frappée d'une déplorable infirmité, était bien la femme innocente et vierge que le duc avait souvent entrevue dans ses rêves de libertin puissant. Il pensa, lui qui n'avait jamais fréquenté que les Dalhés et les Pergolettes de la société parisienne, que ce devait être une joie grande et souveraine d'assister au spectacle de cette belle âme, se développant sous les baisers fécondants des premières voluptés, que ce serait un divin plaisir d'être l'objet des premiers désirs de ce cœur jeune et chaste que les passions terrestres n'avaient pas encore effleuré.

Le duc avait d'abord pensé qu'il était censé de mettre Annaïk entre les mains de la Pergolette, pour qu'elle fît là, sans difficulté et sous ses yeux mêmes, son éducation première. Mais il avait été contraint d'éloigner Annaïk de cette demeure, par suite des indiscrétions du vicomte Hector de Bellechasse, lequel avait un jour, par hasard, entrevu la jeune fille et s'était permis d'insister auprès des valets de l'hôtel pour pénétrer auprès d'elle.

C'était précisément le jour de l'arrivée de Tanneguy à Paris qu'Annaïk avait quitté la demeure de Pergolette pour passer dans la petite maison du duc.

Annaïk n'avait véritablement pas compris quels desseins le duc nourrissait contre elle; elle s'était vue arracher des bras de son père, malgré ses larmes et ses prières; elle était venue à Paris avec une rapidité inouïe. On l'avait installée chez la Pergolette avec des précautions singulières; mais toutes ces manœuvres, ces soins, ces attentions dont elle était l'objet, ne lui expliquaient rien, et elle cherchait vainement dans son esprit quelques indices qui pussent la mettre sur la voie.

Le duc se conduisait avec elle comme un ami, comme un bienfaiteur, presque comme un père! Il l'entourait d'un luxe inouï, lui donnait des domestiques qui obéissaient au moindre de ses gestes, au plus simple de ses regards; il l'avait pourvue, en outre, d'un professeur qui lui avait appris à lire et à écrire; il lui témoignait enfin toutes les attentions délicates que les liens étroits du sang peuvent seuls justifier.

Annaïk se perdait dans mille conjectures.

Elle ne devait comprendre que le jour où nous la retrouvons accoudée à une fenêtre, laissant son beau regard plein de mélancolie errer vaguement sous les grands arbres du parc.

Annaïk était émue : le duc lui avait écrit une petite lettre en lui envoyant des livres, et cette lettre, bien qu'elle n'en comprit pas précisément le sens, faisait, à de certains moments, monter le rouge de la honte à son front. Sans savoir pourquoi elle avait peur, et pour la première fois, elle se trouvait bien seule dans ce vaste hôtel isolé !...

Elle ne songeait même pas à chercher une distraction dans les livres qu'on lui avait envoyés.....

Cependant, la fraîcheur de la nuit commençait à pénétrer ses membres; son regard ne pouvait plus distinguer les objets à travers les grandes masses d'ombre du jardin; une certaine terreur mystérieuse montait sourdement de son cœur et troublait sa raison.

Elle rentra, ferma la fenêtre et sonna pour qu'on lui apportât de la lumière.

Puis elle resta seule.....

Seule avec ses appréhensions, seule avec sa pensée.

Elle cherchait de toutes ses forces à rappeler le calme dans son cœur agité; elle n'y pouvait réussir : elle allait et venait à travers la chambre, elle avait besoin d'air, elle était près d'étouffer dans cette prison étroite; on eût dit qu'elle entendait vaguement autour d'elle les menaces d'un danger imminent.

Elle avait peur.

Enfin, brisée par tant d'émotions, par tant de luttes contre sa propre imagination, qui peuplait son boudoir de fantômes, elle se laissa retomber sur une chaise à portée de la table sur laquelle on avait déposé les volumes envoyés par le duc.

Machinalement, son regard rencontra les livres et sa main suivit son regard.

Et elle ouvrit le livre...

C'était une de ces infâmes productions, comme le xviiie siècle en a vu naître beaucoup; ouvrages licencieux dont les manuscrits passaient d'ordinaire la frontière, allaient frauduleusement s'imprimer en Hollande pour revenir bientôt après en France, où ils servaient à satisfaire la curiosité libertine des grands seigneurs blasés ou à égayer le désœuvrement de leurs maîtresses !...

Heureusement pour la pauvre Annaïk, elle n'eut pas le temps de jeter même un regard sur ce livre... car, au moment où son front se penchait vers ces pages empoisonnées, la porte latérale de son boudoir sembla remuer sous une pression inaccoutumée et elle repoussa le livre et se redressa toute droite !...

La porte ne s'était pas ouverte !

Il y avait là, sans doute, quelqu'un qui voulait entrer et qui hésitait; il y avait là un danger peut-être, et c'est à peine si elle avait le temps de s'y soustraire.

Elle courut vers la porte; la porte avait cessé de remuer; Annaïk appliqua son œil ardent à la serrure et regarda...

D'abord, elle fut éblouie par les lumières qui éclairaient la vaste salle contiguë à son boudoir et ne put distinguer les objets que son regard y rencontra, mais elle s'habitua bien vite à cet éclat et finit par remarquer un homme à figure sinistre, droit et immobile au milieu de la chambre, et qui paraissait écouter avec attention les ordres qu'un autre personnage était occupé à lui donner.

Cet autre personnage était le duc d'Amboise.

Le duc se trouvait assis devant une table, à quelques pas seulement de la porte du boudoir, et tenait à la main deux lettres qu'il tendit un moment vers son interlocuteur. Puis, comme s'il se fût ravisé, il reprit les deux lettres et relut une fois encore l'adresse, et jeta l'une sur la table, tandis qu'il remettait l'autre à M. Crampton.

Car c'était bien M. Crampton qui se trouvait en face du duc.

En même temps, le duc prononçait à voix basse un nom qu'Annaïk put entendre non sans tressaillir.

Sur la lettre remise par le duc se trouvait ce nom qu'il venait de prononcer; c'était celui de TANNEGUY.....

Tanneguy !...

Annaïk eut comme un frisson. C'était la première fois qu'elle lisait ce mot qu'elle avait entendu prononcer si souvent !

Tanneguy !...

Et ce nom éveillait dans son cœur un écho sympathique.

Tout à coup, elle éprouva comme un tremblement nerveux ; son regard devint ardent et fixe; ses mains remuèrent convulsivement ses cheveux et elle poussa un cri inarticulé.

Puis elle laissa tomber sa tête sur sa poitrine et d'abondantes larmes coulèrent le long de ses joues.

C'est qu'Annaïk venait de deviner...

Ce nom, c'était celui de sa famille...

Cette lettre, que le duc venait d'envoyer, était donc adressée à son père ou à son frère !...

L'un ou l'autre étaient donc dans cette ville où on l'avait amenée.

Mille pensées se pressèrent aussitôt dans son esprit, et cet immense amour qu'elle avait voué aux deux êtres qui l'avaient élevée et soutenue dans la vie se réveilla tout entier, et la douleur de les avoir perdus brisa son cœur, et lui arracha des larmes amères.

Grâce à son infirmité qui lui enlevait jusqu'à l'idée de s'éloigner, Annaïk jouissait dans l'hôtel d'une certaine liberté; elle allait et venait toujours seule sans que l'on prit souvent garde à elle, tant qu'elle ne cherchait pas à franchir la porte de la rue.

Annaïk n'était point encore sortie.

Quelquefois le matin, de bonne heure, quand les rayons du soleil levant doraient les rideaux de soie de sa fenêtre, elle sautait de son lit, s'habillait à la hâte sans recourir à l'aide de ses femmes, et descendait toute frissonnante sous les allées ombreuses du jardin.

Les grands arbres, les fleurs, les oiseaux similants qui couraient de branche en branche en secouant leurs ailes humides de rosée, toute cette animation, cette vie heureuse et libre, ces parfums pénétrants, tout cela lui rappelait un instant les riants paysages de la Bretagne qu'elle avait quittés, et son cœur se retrempait dans ces souvenirs charmants qu'elle évoquait avec des larmes...

Annaïk savait que l'on surveillait peu ses démarches et elle avait bien souvent pensé que si elle eût voulu fuir, cela ne lui eût pas été impossible.

Mais pourquoi fuir !... où serait-elle allée !... comment aurait-elle demandé son chemin; qui le lui aurait indiqué... quel protecteur avait-elle à Paris?

Annaïk n'avait jamais osé...

Mais depuis qu'elle soupçonnait à Paris la présence de Tanneguy, on eût dit que la pauvre enfant avait tout à coup rassemblé ce qui lui restait de force et de courage !

Elle pensa que le moment était venu de secouer sa torpeur et son inertie; elle ignorait où elle trouverait son frère, mais Annaïk n'avait jamais cessé d'avoir confiance en Dieu et elle s'abandonna pour le reste à son instinct.

Dès que son parti fut pris, elle le mit aussitôt à exécution; elle jeta un voile sur ses cheveux, un vêtement sur ses épaules et descendit hardiment l'escalier de marbre de l'hôtel.

Tant de femmes fréquentaient cette petite maison du duc, que c'est à peine si on la regarda passer; il régnait d'ailleurs, ce soir-là, un mouvement inaccoutumé dans l'hôtel, les valets couraient çà et là avec vivacité; les lustres s'illuminaient avec splendeur, l'hôtel resplendissait au dedans.

Au dehors, au contraire, tout était triste et sombre;

Annaïk traversa l'allée plantée de maronniers qui conduisait à la porte extérieure et arriva bientôt dans la rue ; elle pressait le pas, car elle avait peur. Elle se demandait pourquoi ces préparatifs ; quelle fête on allait donner dans la maison du duc et quel caractère singulier devait avoir cette fête, puisque la maison où elle se donnait était si triste et si sombre au dehors !...

Une fois dans la rue, Annaïk se mit à courir... elle était libre, elle allait revoir son frère...

Annaïk s'imaginait qu'au détour de la première rue, l'horizon allait tout à coup s'élargir et qu'elle apercevrait les grandes lignes tourmentées de l'Océan, elle se croyait loin encore de la ferme de son père, mais elle pensait qu'une très-faible distance la séparait de la mer !...

Et elle marchait toujours sans cependant que la perspective changeât ; à chaque pas qu'elle faisait, la route s'allongeait davantage, les rues se croisaient devant elle sans qu'elle y prît garde ; elle ne savait point où elle allait ; elle passait ardente, folle, au milieu de la foule indifférente, sans chercher même si elle ne reconnaissait pas dans cette foule le visage de son père ou celui de son frère !

A un moment pourtant, elle s'arrêta comme épuisée par cette longue course et alla s'asseoir presque défaillante sur le seuil d'une porte.

Il y avait une heure qu'elle avait quitté la maison du duc ; elle tombait de fatigue.

Et puis le découragement commençait à s'emparer d'elle, elle jetait avec effroi des regards inquiets de tous côtés et s'épouvantait de sa propre imprudence.

En ce moment, un singulier spectacle s'offrit à ses regards.

De toutes les rues avoisinantes elle vit poindre et sourdre une étrange population d'hommes grotesquement vêtus, à droite, à gauche, devant et derrière elle, il y en avait partout !... Ils marchaient mystérieusement sans proférer une parole et longeaient en marchant les murailles pleines d'ombre de la rue.

On eût dit un cortége de spectres silencieux.

Annaïk frissonna...

Les uns portaient ce costume peu élégant qui commençait à se répandre à cette époque, et que l'on appelait *carmagnole* ; un pantalon de gros drap foncé et des souliers ferrés et bruyants ; d'autres n'avaient qu'une blouse de toile bleue affreusement trouée ; les derniers enfin étaient vêtus de costumes en lambeaux, barriolés de guenilles de toutes couleurs : tous enfin étaient coiffés d'un bonnet phrygien du plus bel écarlate.

Une vraie sarabande de Gueux !...

Cependant, il faut le dire, parmi les figures hâves et livides, sur lesquelles la misère avait tracé de profondes rides, au milieu de cette foule railleuse qui semblait secouer orgueilleusement les guenilles dont elle était revêtue, on distinguait parfois une tête radieusement intelligente, un front pensif, un regard qui brillait comme un éclair.

Qu'était-ce donc que ces hommes ?... où allaient-ils ainsi mystérieusement unis dans le silence et dans la nuit ; quels desseins cachaient-ils sous leurs vêtements en lambeaux ; pourquoi ce singulier mélange de timidité et d'audace, de ténèbres et d'éclairs...

Qui pourrait le dire !...

Qui savait à cette époque quel gigantesque travail s'opérait dans les flancs féconds de leur pays ? Qui pourrait affirmer que, parmi ces hommes, tous avaient la conscience de leur mission : et d'ailleurs, qu'importe ! dans les sentiers de la vie humaine, nul ne peut prévoir quels horizons se dévoileront à ses yeux, tantôt sur les hauteurs des montagnes, tantôt dans les profondeurs des vallées...

Cependant, malgré l'étrangeté du spectacle qu'elle avait sous les yeux, Annaïk ne regardait plus ; un nouveau sentiment s'était emparé de son cœur, elle avait croisé ses deux bras sur sa poitrine, pour en comprimer les battements ; une joie folle éclatait sur son front et parfois ses mains tourmentaient violemment ses lèvres comme si elle eût voulu ainsi ouvrir un passage aux mille paroles qui s'y pressaient impuissantes !

C'est que depuis un instant un homme venant du côté opposé à celui qu'occupaient les gueux avait paru se diriger vers elle.

Cet homme portait un long manteau et son visage était entièrement caché sous un chapeau à larges bords.

Mais Annaïk l'avait deviné plutôt que reconnu ; Tanneguy ! C'était Tanneguy, son frère, son défenseur... Tanneguy qui venait la chercher pour la ramener vers les grèves aimées de la Bretagne !

Elle se leva et courut à sa rencontre...

En ce moment, Tanneguy était arrivé près des gueux et s'était mêlé à leur troupe qui enfila brusquement une rue perpendiculaire à celle où se trouvait Annaïk.

La jeune fille voyait son frère s'éloigner et se perdre dans la foule. Son unique appui, son dernier espoir était près de lui échapper.

Elle voulut appeler, elle fit un effort terrible. Des sons rauques inarticulés arrivaient sur ses lèvres. Mais aucun nom intelligible ne put être prononcé ; la langue, inerte et paralysée, s'était collée au palais. Les gueux et Tanneguy avaient disparu.

Annaïk restait seule, abandonnée. Elle voulut courir ; ses jambes fléchirent ; elle se raidit par un effort désespéré ; mais brisée par la fatigue, par la douleur, elle tomba inanimée sur le pavé au coin d'une borne.

•

XV

LE TEMPLE DE L'AMOUR.

Annaïk ne s'était pas trompée...

C'était bien Tanneguy qu'elle avait vu ; mais Tanneguy avait autre chose à faire en ce moment que de s'occuper des objets qu'il rencontrait sur sa route ; il venait de recevoir une lettre qui l'avait remué jusqu'au plus profond de son cœur, et il accourait à l'appel contenu dans cette lettre.

— « Venez, lui disait-on, venez ce soir, il s'agit d'Annaïk. » Et Tanneguy était parti sur la foi de cette simple lettre.

Parler d'Annaïk, la revoir peut-être, apprendre du moins ce qu'était devenu son père, ce que l'on avait fait de sa sœur, il n'en fallait pas tant pour jeter à Tanneguy une ardente impatience.

Les conseils, les exhortations, les prières même du vicomte Hector de Bellechasse avaient été impuissants ; il avait tout quitté, au risque de retomber une fois encore entre les mains du duc.

D'ailleurs, Tanneguy avait hâte d'en finir, il brûlait d'en venir aux mains avec la réalité de sa position, il voulait ou se faire tuer, ou partir pour la Bretagne avec sa sœur et son père !

Que pouvait faire Tanneguy au centre du mouvement inouï qui se préparait ? Les forces vives, les intelligences ardentes, tous les dévouements, tous les courages s'étaient donné rendez-vous dans la capitale, et il se sentait comme isolé au milieu de cet entraînement général !

A de certaines heures, cependant, quand, seul avec lui-même, il laissait sa pensée s'élancer libre d'entraves au-devant de l'avenir, d'ineffables tressaillements remuaient toute son organisation et l'enthousiasme débordait à flots de son cœur ému !

Tanneguy s'exaltait, le souvenir de sa sœur, sans doute déshonorée, l'image de son père peut-être assassiné passait devant son esprit et le désir d'une vengeance terrible entrait profondément dans son cœur ! Il comprenait alors ce qui se passait dans les bas-fonds de la société, car alors on eût dit que les cris qu'il entendait autour de lui n'étaient que l'écho affaibli de cris que sa propre douleur lui arrachait.

Dès que Tanneguy eût passé le seuil de la petite maison du duc, une vieille femme, qui l'y attendait vraisemblablement, le reçut avec un empressement qui lui parut de bonne augure et le conduisit à travers les détours des sombres allées du jardin jusqu'au vestibule de la maison même.

Là une petite porte s'ouvrit devant eux, et il suivit la duègne qui s'engagea aussitôt dans un étroit escalier en spirale, lequel les conduisit peu après dans un charmant boudoir.

La vieille femme se tourna alors vers Tanneguy, posa son doigt osseux sur ses lèvres, lui fit signe d'attendre et disparut sans proférer une seule parole.

Tanneguy était préparé à tout ; il avait calculé d'avance les chances bonnes ou mauvaises qui pouvaient l'attendre, et aucune considération ne l'avait arrêté.

Il portait au surplus, sous sa veste de paysan, une bonne paire de pistolets dont il comptait bien faire usage dans le cas où il aurait à défendre sa vie.

Il laissa donc la vieille femme s'éloigner, et quand il se vit seul, il alla se jeter sur un sopha et attendit!...

Le boudoir dans lequel il se trouvait était un véritable chef-d'œuvre du genre ; Boule y avait prodigué à profusion toutes les richesses de ses ornementations ; l'œil rencontrait, de quelque côté qu'il se tournât, de ravissantes merveilles de l'art ; ici des pastels de Latour, des bergeries de Boucher ou de Vanloo, là des tableaux de Greuze et des statues de Falconnet ou de Bouchardon.

Tanneguy regardait avec un enthousiasme naïf toutes ces beautés artistiques ; c'était comme une initiation au luxe, et il ne pouvait se lasser d'admirer.

Cependant, un fait singulier et qui n'avait aucune explication naturelle vint le troubler bientôt dans son admiration et le rappeler brusquement à la réalité menaçante de sa position.

Au moment où, doucement appuyé sur le dossier du sopha, il laissait son regard flotter indécis sur les charmantes productions qui ornaient le boudoir, son nom, prononcé à voix basse, vint tout à coup frapper son oreille.

Il se redressa comme galvanisé et écouta !...

Mais la voix s'était tue et il n'entendait plus maintenant qu'un murmure confus, affaibli par la distance, et dans lequel il était impossible de distinguer quelque mot intelligible.

Ce n'était cependant pas une erreur ; son nom avait bien été prononcé, il l'avait entendu, il ne pouvait s'être trompé : son regard ardent et fixe parcourut en un instant tous les recoins de la chambre, mais la chambre était déserte, et il ne vit que son image qui se reflétait, fière et pâle, dans une glace placée en face de lui !...

Il revint, tout pensif, se rasseoir sur le sopha et instinctivement se courba vers la tenture, retint son haleine et prêta l'oreille.

Cette fois, ce ne fut pas son nom, mais bien celui d'Annaïk qui fut prononcé.

Il y avait là un mystère qu'il fallait éclaircir à tout prix : Tanneguy déchira violemment la tenture, poussa un ressort qui se détachait du panneau de la boiserie et, ayant penché la tête en avant, il s'arrêta comme stupéfait...

Par un miraculeux effet d'acoustique, tout ce qui se disait dans une chambre contiguë au boudoir venait se représenter avec une netteté magique au point qu'occupait Tanneguy.

Ce dernier n'en demandait pas davantage et se mit en mesure de ne rien perdre de la conversation ! Il y avait, du reste, plus d'intérêt à écouter que dès le début, il crut deviner quels étaient les interlocuteurs.

— Ainsi, elle a disparu, disait le duc d'Amboise.

— Disparu ! répondait M. Crampton.

— Avez-vous fait prévenir le lieutenant de police ?

— J'en viens.

— Et il a mis ses limiers en campagne ?

— A l'instant même.

— Bien ! monsieur Crampton, bien. A l'autre, maintenant.

— Le frère...

— Oui.

— C'est un rude garçon.

— Je le sais.

— Fort dangereux !

— Je le crains.

— Et dont nous ne serons débarrassés que lorsqu'il sera entre les quatre murs d'un bon cachot.

— Je l'ai toujours pensé, monsieur Crampton, et c'est pour cela qu'hier...

Ici Tanneguy entendit un sanglot qui imitait à ravir le bruit d'un hoquet. C'était M. Crampton qui exprimait muettement sa douleur de l'aventure de la veille.

— Ah ! monseigneur, reprit-il, il y a une chose que M. le lieutenant de police devrait bien donner à ses exempts.

— Laquelle, monsieur Crampton.

— Du courage, monseigneur.

— Ils se sont donc bien mal montrés.

— C'est-à-dire qu'ils ne se sont pas montrés du tout, monseigneur.

Ici encore un point d'arrêt, rempli par une petite gamme descendante qui fut exécutée par la voix du duc d'Amboise. Monseigneur avait vraisemblablement la bonté de rire du bon mot de M. Crompton.

— Eh bien, quoi qu'il en soit, monsieur Crampton, vous vous êtes laissé battre, et l'on ne vous pardonnera cette incroyable faiblesse que si vous prenez l'engagement d'en finir bientôt avec ces deux misérables qui me poursuivent.

— Que monsieur le duc se rassure, repartit l'honnête exempt, ce soir, le paysan, demain, le vicomte !...

Puis tout se tut et Tanneguy se rejeta vivement dans le boudoir.

C'était une trahison, il ne pouvait plus en douter ; cette lettre qu'il avait reçue, c'était par l'ordre du duc d'Amboise qu'elle avait été écrite. Et il y avait là des assassins qui l'attendaient pour le tuer ; c'était fait de lui s'il ne se hâtait de les prévenir.

Il tira donc rapidement un des pistolets qu'il tenait caché sous sa veste, l'examina avec soin, et l'ayant armé, il se mit aussitôt en marche.

Toutes les issues du boudoir étaient cachées par de somptueuses portières ; Tanneguy chercha à tâtons celle par laquelle on l'avait introduit. Mais les deux seules portes du boudoir étaient fermées en dehors : tous les efforts qu'il put faire n'aboutirent à rien, et force lui fut de chercher ailleurs une issue quelconque.

S'il avait pu douter encore des intentions de ceux qui l'avaient appelé, cette dernière circonstance aurait certainement achevé de le convaincre.

Il se remit à chercher.

Tanneguy ne tremblait pas ; une assurance surhumaine se lisait dans ses yeux et sur son front ; son pied s'appuyait énergiquement sur le tapis et si les assassins se fussent présentés en ce moment il leur eût fait payer cher leur outrecuidance.

Après avoir passé un temps convenable à ébranler les deux portes du boudoir, Tanneguy se mit en quête d'autres moyens de salut ; il fit à pas lents le tour de la cloison, sondant avec le manche de son pistolet la tenture qui la recouvrait et prêtant l'oreille aux bruits qui répondaient à ses interrogations pressantes.

Mais jusqu'alors la cloison était restée muette et rien ne lui faisait espérer qu'il trouverait bientôt ce qu'il cherchait.

Du reste, soit que les tentures interceptassent les bruits du dehors, soit qu'il ne se passât réellement rien d'extraordi-

re à l'intérieur, le calme le plus profond restait autour de
et s'il n'avait miraculeusement entendu les quelques
oles échangées entre le duc et son acolyte, il eût cru à un
dez-vous d'amour plutôt qu'à un guet-apens...
Cependant il n'avait pas encore épuisé la série d'étonne-
nts par lesquels il devait passer, car au moment où il
it poursuivre son examen, et levait déjà le bras pour
der l'endroit de la cloison devant lequel il se trouvait, une
ce et suave harmonie, s'éleva tout à coup, la tenture s'en-
uvrit d'elle-même dans toute sa hauteur, et des flots de
ière inondèrent le boudoir jusque dans ses plus mysté-
ux recoins.

Tanneguy recula comme ébloui, et lorsqu'il se fut remis, et
il se hasarda à regarder, ses mains se portèrent instincti-
ment à ses yeux pour s'assurer qu'il ne rêvait pas et
demeura effrayé des splendeurs du tableau qu'il avait
vant lui...

XVI

LE TEMPLE DE L'AMOUR.

— *Suite.* —

Les palmiers chevelus pendant au front des tours
semblaient d'en bas des touffes d'herbe.
VICTOR HUGO.

Derrière la tenture qui venait de se déchirer, la cloison
ait tout à coup disparu pour faire place à une glace de
istal, laquelle permettait au regard de voir ce qui se passait
e l'autre côté du boudoir.

De l'autre côté s'ouvrait une immense salle que l'on aurait
ise volontiers pour l'intérieur d'un temple grec. Elle avait
é construite de plein-pied avec le rez-de-chaussée, et le
oudoir dans lequel Tanneguy se trouvait à cette heure faisait
artie d'une galerie artistement sculptée et qui tournait
atour du temple à une cinquantaine de pieds au-dessus du
l...

C'était quelque chose comme l'habitation d'un génie des
ille et une nuits, une échappée de l'Olympe des Dieux païens,
a la villa de quelque épicurien du temps de la décadence
omaine !...

D'abord Tanneguy, ébloui jusqu'à l'aveuglement, ne put
istinguer ce qui se passait dans cette vaste salle et il se crut
aïvement le jouet de quelque hallucination de son cerveau
alade. Mais peu à peu son œil se familiarisa avec cette pro-
usion éclatante de lumière et à travers la vapeur dorée qui,
u sol, montait vers lui pleine de parfums et de murmures, il
ut démêler enfin les objets qu'il n'avait fait qu'entrevoir.

C'était une orgie à son début !...

Le temple qui servait de cadre à ce tableau, bien certainement curieux, avait une forme elliptique; des colonnes
élançaient en jets de marbre jusqu'aux entablements et dis-
araissaient à leurs sommets sous les abondantes fantaisies
es chapiteaux.

Partout l'imagination, la fantaisie, l'originalité !... Le sacré
e trouvait mêlé au profane sans que le regard de l'admira-
eur pût s'en choquer... Une Vénus antique souriait à côté
'une Madeleine pleurant son front sous le poids de la dou-
eur... Sainte Cécile chantait à côté de Niobé... Aspasie,
léopâtre, Sapho, Jeanne Darc, toutes les grâces de l'art,
outes les beautés de la poésie, tout ce qui avait souri, ou
imé, ou pleuré, tout ce qui avait *vécu* avait son piédestal
ans cette étrange enceinte...

Tanneguy était ému, ému d'une intelligente et radieuse
motion.

Mais que fut-ce donc, quand son regard fasciné glissa, des
émoins immobiles de la fête, aux acteurs dont la voix et les
ris montaient en un murmure confus jusqu'au boudoir !...

Quand il vit passer entre les colonnes de marbre cette cohue
échevelée de femmes demi-nues qui allaient et venaient se
suspendant mollement aux bras des cavaliers resplendissants
d'or, quand il distingua leurs belles épaules voluptueusement
arrondies et qui semblaient frissonner sous la molle lumière
qui tombait des lustres... lorsqu'enfin il vit leurs yeux naguère
étincelants comme les diamants vifs qui ruisselaient sur leur
col, se charger tout à coup de langueur et chercher vaguement
de toute parts la satisfaction du rêve d'amour qui pesait sur
leur pensée. Une puissante sensation, sensation nouvelle,
ardente, inconnue, pénétra dans son cœur, ses sens s'allumè-
rent, et temple, et lumière, colonnes et chapiteaux, femmes
échevelées, et statues lascives, tout cela passa à la fois devant
ses regards, il oublia tout, et pourquoi il était venu, et le
danger qu'il courait, il ferma les yeux, laissa tomber sa tête
dans ses mains et courut se jeter éperdu sur le sopha.

Combien de temps resta-t-il ainsi; combien d'heures écouta-
t-il ces voix altérées qui montaient de son cœur, Dieu seul
pourrait le dire.....

Toujours est-il que redevenu plus calme et plus froid, il
releva la tête et regarda autour de lui; la tenture s'était
refermée et une femme se trouvait debout au milieu du
boudoir.

C'était la Pergolette.

Il y avait un quart d'heure environ que la Pergolette était
là, sans que Tanneguy l'eût entendue venir, sans qu'il se doutât
de sa présence.

La lampe d'albâtre qui tombait du plafond ne jetait plus
dans le boudoir qu'une lumière douteuse; Tanneguy se demanda un moment si cette vision n'était pas la continuation
d'un rêve qu'il venait de faire. La Pergolette le regardait avec
des yeux doux et tristes, elle avait croisé ses deux bras sur
son sein par un geste plein de naïve et sainte pudeur.

Un reste d'émotion vibrait encore dans le cœur de Tanneguy; cette apparition le troubla à un point extrême, et, comme
s'il eût obéi à une volonté plus puissante que la sienne, il se
leva, salua la Pergolette et fit quelques pas en avant.

La Pergolette ne l'avait pas quitté des yeux, elle marcha
sans proférer une parole vers le sopha que Tanneguy venait
de quitter, et s'y laissa tomber plutôt qu'elle ne s'y assit.

Elle portait un costume dont l'élégante simplicité semblait
rehausser l'éclat de sa beauté. — Une robe de velours semée
çà et là de diamants de la plus belle eau, un riche collier de
perles à son col, quelques fleurs naturelles dans ses cheveux.
— C'était tout. — La Pergolette n'avait pas besoin de parures
pour être belle, et d'ailleurs, en ce moment, elle ne songeait
guère à elle !...

Elle était triste, son regard s'était imprégné de molles lan-
gueurs; une amère mélancolie pesait sur sa pensée. Ce n'était
plus Pergolette vive, folâtre, tout à la joie extérieure et au
plaisir des sens, ainsi que nous l'avons vue à la fête de Mademoiselle Hus; son front s'était penché tout à coup; un pâle
sourire effleurait maintenant sa lèvre sans l'égayer; sa démarche avait pris un caractère monotone et lent qui recélait une
préoccupation douloureuse.

Et cependant la charmante enfant était bien belle encore.

Il y avait dans sa physionomie un tel air de rêverie douce
et résignée, son geste était à la fois si simple et si gracieux,
toute sa personne enfin respirait à un tel point la pureté et la
candeur, que Tanneguy se sentit touché malgré lui, et qu'il
recula respectueusement de deux pas quand il la vit venir !...

Mais Pergolette lui fit signe de s'approcher, lui indiqua
une place à côté d'elle sur le sopha, et comme Tanneguy était
tout à coup devenu timide et tremblant, il obéit silencieusement à cette invitation et alla s'asseoir à côté d'elle.

— C'est moi qui vous ai écrit, monsieur, dit enfin la jeune
femme d'une voix lente.

— Ah ! tant mieux, interrompit Tanneguy, je craignais que
ce ne fût un autre.....

Un homme considérait avec attention l'hôtel de la courtisane. (P. 21, col. 1.)

— C'est moi, reprit Pergolette, et à dire vrai, j'ai longtemps hésité à le faire.

— Pourquoi cela.....

— Parce qu'il y avait pour vous quelque danger à venir.

— L'eussé-je pensé, que je serais venu tout de même.....

— Vous n'avez donc pas peur du duc, monsieur.

— J'ai l'ardent désir de retrouver Annaïk, madame, et avec le nom de cette pauvre enfant on me ferait aller au bout du monde, fallût-il, pour y arriver, donner chaque jour un peu de mon sang.....

— Vous êtes dévoué.

— J'aime Annaïk, du moins !...

— Et elle ?...

— Elle !... oh !... madame, nous avons été élevés tous les deux dans une pauvre chaumière de Bretagne ; la mer à nos pieds ; des petits bois derrière ; et, autour, d'énormes rochers sauvages.... Nous vivions l'un près de l'autre ; nous avons grandi avec la pensée de ne nous quitter jamais ; joies, douleurs, espérances, tout était commun entre nous ; nous marchions en nous tenant par la main, et, bien souvent, nous avons passé des mois entiers, assis, rêveurs et silencieux, sur les hauts rochers qui dominent la grève, moi lisant la Bible, elle, regardant par delà des flots tourmentés..... Ah ! ce fut une terrible catastrophe que celle qui nous enleva Annaïk,

madame, et ce sera un terrible jour, je vous l'assure, que celui où son ravisseur et moi nous nous rencontrerons en face !

— Et cependant si l'on vous rendait Annaïk, objecta la Pergolette, dont le visage avait plusieurs fois changé pendant que Tanneguy parlait.

— Que voulez-vous dire ? répliqua ce dernier.

— Je veux vous demander, poursuivit la Pergolette, si vous ne renonceriez pas à vos projets de vengeance dans le cas où l'on vous rendrait Annaïk.....

Pergolette savait-elle ce qu'était devenue la jeune fille ? C'est ce que le lecteur apprendra bientôt.

— Est-ce possible !

— Répondez...

— Annaïk déshonorée, peut-être !

— Annaïk, toujours pure.....

Tanneguy passa rapidement la main sur son front, et se rapprocha de la Pergolette, dont il prit les mains :

— Ecoutez, madame, lui dit-il d'une voix rude et franche, je ne suis, moi, qu'un pauvre paysan ; je n'ai jamais franchi les limites étroites de la vie du cultivateur, et c'est la première fois que je me trouve à Paris. Eh bien ! dans toute la sincérité de votre âme, je vous prie ici, comme je prierais ma mère, comme je prierais Dieu, répondez, ce que vous venez de dire est-il vrai ?

Fécan . — Typ. et stér. M. et P. E. Chervira.

Vous avez bien que j'ai autour de moi une police active! (P. 21, col. 2.)

— C'est vrai, répondit la Pergolette d'une voix ferme, en cherchant faiblement à dégager ses mains de l'étreinte de Tanneguy.

Ce dernier se releva sur cette assurance et croisa ses deux mains sur sa poitrine comme s'il eût voulu en comprimer les battements. — Son visage s'était illuminé, son front resplendissait, une satisfaction céleste rayonnait dans ses yeux.

— Oh! qui que vous soyez, s'écria-t-il, avec toute l'effusion d'un cœur jeune et enthousiaste, qui que vous soyez, que Dieu bénisse votre vie et qu'il garde ceux que vous aimez..... Je ne demande pas quel motif vous a poussée vers moi, ni à quel sentiment étrange je dois cet avis inattendu, inespéré même, mais pour ce sentiment et cet aveu, madame, je vous le jure, mon sang et ma vie sont à vous.

— Ai-je demandé votre reconnaissance? fit Pergolette en remuant tristement la tête, et après quelques secondes d'hésitation et de silence.

— Cependant, objecta Tanneguy étonné de la question et du ton dont elle était faite.

— Non, poursuivit la jeune femme..... Ce n'est ni votre amitié, ni votre reconnaissance que je demande; mais il y a entre nous un secret qui, si je ne me suis pas trompée... fera le malheur de l'un de nous deux.

— Qu'est-ce à dire?

— Oh! ce n'est peut-être qu'un simple caprice de femme, caprice que la nuit fait naître et qui s'enfuit avec les premières lueurs du jour, — n'importe; le doute est affreux... asseyez-vous et répondez-moi.

La voix de la Pergolette tremblait; elle était devenue pâle; elle souffrait.

Elle passa à plusieurs reprises sa main froide sur son front brûlant, et la laissa enfin retomber languissante sur le sopha.

Tanneguy cherchait vainement à s'expliquer l'attitude de la jeune femme; mille idées confuses montaient à la fois de son cœur, et il se sentit troublé sans qu'il lui fût possible d'apprécier la nature de son trouble et de son émotion!...

Cependant la Pergolette était parvenue à maîtriser en partie son émotion : elle arrêta un moment son beau regard plein de tendresse sur Tanneguy, et tendit vers lui sa main tremblante.

— Quoi que vous deviez penser en sortant d'ici, dit-elle alors en voilant ses yeux de ses longues et belles paupières, quel que soit le sentiment que vous deviez éprouver en me quittant, je veux être franche avec vous, monsieur, et ne vous rien cacher de ce que je ressens, ni non plus de ce que je crains... Si après m'avoir écoutée, votre attitude m'apprend que je me suis trompée, vous serez libre. Les portes de cet hôtel vous seront ouvertes et nous nous quitterons pour ne plus nous revoir; mais si, au contraire, mon rêve peut se réaliser, si ce n'est point une illusion, si le miracle que j'espère n'est pas impossible, eh bien! vous verrez, monsieur, si bas que nous soyons tombées, il y a encore certains sentiments qui peuvent nous relever, et si c'est à vous que je le dois, je bénirai doublement la main qui m'aura sauvée!...

— Parlez! parlez! fit Tanneguy impatient.

— Dites-moi d'abord s'il y a longtemps que vous êtes à Paris.

— Huit jours au plus.

— Vous y êtes venu seul?

— Absolument seul.

— Et le motif qui vous y a attiré, c'est l'ardent désir de vous venger.

— Ah! oui, de me venger et d'une façon terrible.

— Mais vous ne connaissez personne dans la capitale.

— J'y connais le vicomte Hector de Bellechasse.

— Un fou!...

— Non, un ami...

— En êtes-vous sûr?

— J'ai tout lieu de le croire.

— Mais s'il vous trompait?

— Quel intérêt?...

— Peut-être en a-t-il un.

— Lequel, encore!

— Vous a-t-il parlé d'Annaïk?...

— Rarement.

— Il ne la connaît donc pas?

— Il l'a à peine entrevue en Bretagne.

— Cependant, objecta la Pergolette, j'ai connu Annaïk; nous avons habité le même toit, et pendant plusieurs jours le vicomte est venu m'y visiter fort assidûment...

— Cela n'a rien que de très-naturel, repartit Tanneguy, et nul ne songerait à s'étonner qu'un gentilhomme ait l'idée de vous faire la cour.

— Il n'y a qu'un petit malheur à cette objection.

— Lequel?...

— C'est que le vicomte ne venait pas pour moi.

— Et pour qui?...

— Pour Annaïk.

— Le vicomte?... pour Annaïk?... c'est impossible.

— Demandez-le lui?...

La Pergolette ne quittait pas Tanneguy des yeux; elle semblait le couver du regard et étudiait avec une profonde attention chacun des sentiments qui venaient se refléter sur son visage.

Mais Tanneguy était impassible et froid, et rien sur ses traits ne trahissait ce qui se passait dans son cœur.

— Et qu'importe, dit-il aussitôt, avec une certaine insouciance railleuse, si le vicomte de Bellechasse m'aide à retrouver Annaïk, n'est-ce pas moi qui serai son obligé?

— Mais s'il l'aime?

— Les Tanneguy sont d'une famille honorable, madame; pourquoi le vicomte ne pourrait-il pas aimer ma sœur?

— Votre sœur? fit la Pergolette avec un cri.

— Sans doute!...

— Annaïk, votre sœur?...

— Vous l'ignoriez...

— Ah! mon Dieu! mon Dieu!... s'écria la Pergolette en laissant tomber sa tête dans ses mains.

Tanneguy la regardait et ne la comprenait pas. Il se passait assurément quelque chose d'extraordinaire dans le cœur de la jeune femme; son visage rayonnait; son sein se soulevait avec précipitation et bien des mots inintelligibles se pressaient sur ses lèvres sans qu'elle eût la force de les retenir!...

Enfin, elle releva la tête; ses joues étaient baignées de larmes et elle souriait doucement.

— Ainsi, dit-elle d'une voix que l'émotion faisait trembler, Annaïk est votre sœur, n'est-ce pas, cela est bien vrai, vous ne me trompez pas?...

— Et pourquoi vous tromperais-je? fit Tanneguy.

— Oh! vous avez raison, pourquoi me tromperiez-vous, vous! je suis folle, vous êtes bon, généreux, vous n'avez aucun motif pour me haïr.

— Vous haïr!...

— Ah! je vous l'ai dit, il y a entre nous désormais un secret qui tuera l'un de nous deux, et ce secret je ne puis vous le dire ici!

— Et pourquoi cela?...

— Parce qu'ici je ne suis pas libre.

— Vous?

— Je ne m'appartiens pas...

— Eh! qui donc?...

— Le duc!...

— Votre mari?

— Non, mon amant!...

— Qu'est-ce à dire?... interrompit brusquement Tanneguy, et chez qui donc suis-je venu?...

— Chez le duc d'Amboise.

— Le duc d'Amboise!

Tanneguy poussa un cri qui fit pâlir la Pergolette; il se leva vivement du sopha sur lequel il était assis, et gagna à reculons le milieu du boudoir.

Instinctivement il avait porté la main sur la poignée de l'un des pistolets qu'il tenait caché sous sa veste.

— Qu'avez-vous?... demanda la Pergolette interdite et en se levant à demi.

— Rien, répondit Tanneguy d'une voix ferme; rien... j'avais oublié un instant que j'étais à Paris, au milieu d'une société infâme et corrompue, et j'allais me laisser toucher par des paroles sincères et franches comme on pourrait en prononcer dans nos landes de Bretagne... Merci à vous, madame, qui m'avez prévenu à temps...

— Que voulez-vous dire?

— Oh! qu'importe, continua Tanneguy, ma vie n'avait qu'un but, je voulais sauver ma sœur Annaïk, délivrer mon père et retourner au pays avec les deux seuls êtres que j'aime au monde. Eh bien! ma pauvre sœur sera déshonorée, mon vieux père mourra, et moi je serai tué sans pitié sur le seuil de cet hôtel... qu'importe! qui donc me regrettera, moi? qui donnera une larme à mon souvenir... personne... j'aurais dû le prévoir... je suis venu tenter une lutte impossible... Dieu l'a voulu ainsi; que sa sainte volonté soit faite!

— Mais vous vous effrayez d'un danger imaginaire, commença la Pergolette.

— Vous le dirai-je, madame, reprit Tanneguy, après avoir regardé la jeune femme avec une pitié douce et mélancolique, j'avais cru en vous un instant; je m'étais laissé bercer par cette espérance que j'avais trouvé une femme qui s'intéressait à moi, un cœur qui comprendrait tout ce que je souffre... Vous êtes bien belle, madame, vous avez des yeux où se reflète la pureté du ciel, votre sourire fait rêver, et votre voix est caressante, comme la brise des soirs d'été... C'était la première fois; jamais encore mon cœur ne s'était ému à ce point... Ah! l'habile comédie que vous avez jouée là, madame, et je me demande maintenant, en vous voyant si jeune, et quand je me rappelle votre regard si tendre, à quelle terrible école vous avez pu puiser cette habitude du mensonge et de l'infamie!

— Tanneguy!...

— Et que vous avais-je fait, moi? vous ai-je trompée quelquefois, vous ai-je menti... est-il une seule parole que je vous aie dite et qui ait pu vous blesser... répondez... ne suis-je pas venu à votre premier appel... ne me suis-je pas assis à vos côtés sur votre simple invitation; et pour cette déférence et ce respect, parce que je vous ai estimée assez pour avoir confiance en vous, et ne pas vous repousser quand vous tendez la main vers moi, voilà que vous brisez cruellement une existence qui ne m'appartient pas, que vous déshonorez ma sœur, que vous tuez mon père.. Oh ! tenez, avant que je passe le seuil de cette porte derrière laquelle la mort m'attend sans doute, ce que vous avez fait, madame, est une infamie et une lâcheté !...

Pendant que Tanneguy parlait, la Pergolette avait laissé tomber sa tête dans ses mains et elle pleurait... elle ne songeait pas à répondre ; elle courbait le front sans rien dire sous les paroles sévères de Tanneguy et ne trouvait dans son cœur autre chose que des larmes et des sanglots à y opposer... Mais lorsque le paysan breton prononça les derniers mots et qu'elle le vit se diriger d'un pas ferme vers la porte du boudoir, quand enfin elle comprit que tout était fini et qu'il allait partir pour toujours, si elle ne tentait pas un dernier effort pour le retenir, elle puisa tout à coup, dans l'excès même de son désespoir, la force et le courage qui lui manquaient, et courut halletante vers la porte.

Tanneguy avait déjà posé sa main sur le bouton de la serrure, la Pergolette l'en arracha vivement par un geste impérieux et passionné, et appuya résolûment le dos contre la porte.

Tanneguy demeura stupéfait et fronça le sourcil.

— Écoutez-moi ! dit la Pergolette avec une certaine impétuosité.

— Encore, interrompit Tanneguy.

— Je veux que vous m'écoutiez, poursuivit la Pergolette dont l'œil brillait, dont la lèvre était humide, et qui croisait ses mains dans l'attitude de la prière... Vous voulez partir, eh bien ! vous partirez ; mais tout à l'heure, quand vous m'aurez entendue, quand vous ne me mépriserez plus, quand vous m'aurez rendu votre confiance et votre estime... dix secondes seulement et vous serez libre.

— Eh ! que vous importe à vous, madame, dit Tanneguy d'un ton insouciant, que je vous estime et que j'aie confiance en vous...   »

— Il le demande ! murmura la Pergolette.

— Ne sommes-nous pas étrangers l'un à l'autre ; ne suis-je pas l'ennemi du duc d'Amboise ? N'êtes-vous pas sa maîtresse ?..

— Oh ! pour mon malheur !...

— Que voulez-vous donc de moi, sinon assurer la vengeance du duc et gagner les diamants qu'il vous a sans doute promis.

— Oh ! assez ! assez ! fit la Pergolette, ah ! vous ne savez pas à quel point vous êtes cruel en ce moment, car, pendant que vous avez défiance de moi, je voulais vous rendre Annaïk.

— Vous ?...

— Je voulais vous rendre votre père.

— Mon père !

— Je voulais encore vous donner les moyens de partir pour la Bretagne avec votre père et votre sœur.

— Dites-vous vrai ?...

— Je le voulais et je l'aurais pu !...

— Mais vous savez donc où je les trouverai...

— Je le sais.

— Eh bien, dit Tanneguy, indiquez-moi ce qu'il faut faire, et que Dieu me garde ! je le ferai.

— Il est trop tard...

— Comment.

— La fête est près de finir... et le duc qui a pu oublier un moment sa vengeance va se la rappeler maintenant...

— Le duc sait donc que je suis ici ?

— Il le sait.

— Et vous n'avez plus la volonté de me sauver ?

— Je n'en ai plus le temps, du moins.

— Eh bien, dit Tanneguy, arrière donc, alors, je n'attendrai pas que les assassins du duc viennent me trouver, j'irai moi-même à leur rencontre.

— Qu'allez-vous faire !...

— Vous allez voir.

Et en parlant ainsi, Tanneguy avait redressé sa haute et

imposante taille, il tira un de ses pistolets, marcha hardiment vers la porte, et posa une seconde fois ses mains sur le bouton de la serrure.

— Vous partez ! dit Pergolette avec un cri déchirant.

— Dieu vous pardonne !... répondit Tanneguy en poussant la porte devant lui.

Pergolette s'était laissée tomber à genoux, il la rencontra sur le seuil, les mains jointes et cherchant à étouffer les sanglots qui remplissaient sa poitrine.

— Vous pleurez !... fit Tanneguy, qui, sans savoir pourquoi, se sentit remué jusqu'au plus profond du cœur.

— Je pleure le seul homme que j'aie jamais aimé, répondit simplement Pergolette.

Tanneguy s'arrêta.

Mais il eût été bien difficile de dire à quel sentiment il obéissait, en agissant ainsi, car, au moment où Pergolette achevait de parler, un bruit se fit entendre dans l'escalier vers lequel il se dirigeait, et quelques secondes après le vicomte Hector de Bellechasse entrait dans le boudoir en riant aux éclats.

Le vicomte Hector de Bellechasse avait son épée nue à la main et quelques taches de sang constellaient les riches dentelles de ses manchettes.

Il ferma la porte du boudoir, regarda avec étonnement la Pergolette agenouillée sur le seuil, dans l'attitude de la Madeleine de Canova, et alla se jeter sur le sopha en reprenant son rire un moment interrompu.

XVII

LE CHANT DES GUEUX.

> Nous allons nous lever en masse
> Avec des fourches et des faulx.
>
> (PIERRE-DUPONT.)

Quand la gaieté de Bellechasse se fut un peu calmée et que Tanneguy fut revenu de l'étourdissement qu'avait jeté en lui l'arrivée inopinée du vicomte, ces deux hommes marchèrent l'un vers l'autre et se serrèrent la main avec effusion.

— Que diable êtes-vous venu faire ici ? demanda Bellechasse en regardant sournoisement autour de lui ; le lieu ne me semble pas heureusement choisi.

— Pourquoi cela ? demanda Tanneguy.

— Mais vous êtes chez le duc d'Amboise.

— Je viens de l'apprendre.

— Je vous l'avais bien dit.

— Sans doute.

— Et c'est Pergolette qui vous a reçu ?

— Vous le voyez.

— Alors elle doit savoir...

— Probablement.

Le vicomte alla vers la Pergolette, qui était toujours agenouillée au seuil de la porte et n'avait pas abandonné son attitude désolée.

A genoux, les bras pendants, les cheveux tombant à flots sur ses épaules nues, on eût dit que la douleur lui avait enlevé toute sensibilité.

Le vicomte lui prit doucement les mains, la releva avec courtoisie, et la mena jusqu'au sopha où il la fit s'asseoir.

La Pergolette se laissait faire ; elle n'avait plus conscience de ce qui se passait à ses côtés ; elle regardait sans voir, elle écoutait sans entendre ; elle était à deux pas de la folie.

— Pergolette, dit alors le vicomte d'une voix insinuante et douce, je suis un de vos amis ; ne me reconnaissez-vous plus ?

La Pergolette tressaillit et leva vers lui ses beaux yeux pleins de larmes.

Puis elle fit un signe affirmatif :

— Monsieur de Bellechasse, dit-elle avec un pâle sourire.

— Moi-même, mon enfant, poursuivit le vicomte, moi-même, et je ne viens point ici en ennemi, j'y viens bien plutôt en conseil, en homme dévoué et je serai heureux de pouvoir vous servir...

— Vous!... fit la Pergolette.

— Et pourquoi pas!...

— C'est impossible.

— Qu'en savez-vous?...

— Dieu seul pourrait faire un miracle.

— Sans doute, sans doute, mon enfant, mais j'espère bien qu'il ne s'agit pas de miracle.

— Peut-être...

— Vous vous trompez... et d'ailleurs notre présence ici, dans ce boudoir, n'a qu'une cause toute naturelle... Tanneguy y est venu parce qu'une lettre l'y a appelé ; moi, je n'y suis venu que parce que je l'ai suivi.

— Je le sais.

— Vous avez lu la lettre?

— C'est moi qui l'ai écrite.

— Vous!...

— Cela vous surprend.

— Mais quel intérêt?...

— Vous ne comprendriez pas.

— Vous aimez donc bien le duc?...

— Je le méprise.

— Vous haïssez donc bien Tanneguy alors.

La Pergolette se tut et le vicomte la regarda.

Déjà l'attitude des deux interlocuteurs avait singulièrement changé... Le vicomte examinait la Pergolette avec une curiosité, un étonnement croissant, et son regard subitement allumé allait de Tanneguy à la courtisane... Cependant la Pergolette avait baissé les yeux, et le rouge de la pudeur était monté à son front.

Enfin le vicomte cessa tout à coup son examen, sourit légèrement et se pencha vers la jeune femme.

— Ce n'est donc pas le duc qui vous avait suggéré l'idée d'appeler ici Tanneguy? Lui demanda-t-il à voix basse.

— Non, répondit la Pergolette.

— C'est vous?...

— Moi seule...

— Et nul ne vous y a poussée?

— Nul au monde.

— Vous n'avez obéi en agissant ainsi qu'à l'impulsion de votre cœur?

— Oui...

— Et vous l'aimez?...

— Oh! pourquoi le demander?

— Et lui?...

— Lui...

— Il ne se doute pas de son bonheur?

— Ah! monsieur de Bellechasse, je ne croyais pas que je dusse être si malheureuse.

Le vicomte parut réfléchir profondément, puis il reprit :

— Il y aura peut-être un moyen d'arranger tout.

— Lequel?

— Vous l'aimez, m'avez-vous dit...

— Plus que je n'aimais Dieu au temps où j'étais enfant et pure...

— Et vous ferez tout ce qu'il dépendra de vous, pour qu'il soit heureux.

— Tout! Oh! tout!...

— Eh bien, à ce prix-là... moi, je vous dis que rien n'est perdu.

— Que faut-il faire?

— Je vous le dirai demain.

— Vous partez?

— Dans un instant.

— Mais il y a du danger à vous éloigner en ce moment.

— Je le sais parbleu bien, repartit le vicomte, en riant, puisqu'ils ont tenté de m'assassiner tout à l'heure.

— Dans cet escalier?

— Comme vous le dites.

— Et vous voulez y retourner.

— Pas le moins du monde.

— Que comptez-vous donc faire?

— N'y a-t-il pas une autre issue?...

— Si fait.

— Et elle conduit?...

— Chez le duc.

— Diable, c'est encore pis.

— Vous êtes perdu.

— Je ne crois pas...

— Ils vont venir sans doute?...

— Qu'importe...

— Ils vous assassineront sans pitié.

— Oh! quant à cela, ma chère enfant, j'espère qu'ils n'en auront pas le temps.

— Comment?...

— Ecoutez plutôt.

En ce moment, en effet, une rumeur confuse s'éleva tout à coup de la salle du festin ; tous les autres bruits de l'orgie se turent comme par enchantement, et un chant, chant pittoresque, étrange, alla frapper les voûtes sonores.

Tanneguy, le vicomte et la Pergolette écoutaient, avec une émotion poignante, ces strophes hardies et neuves, et chacun des mots de ce chant bizarre leur jetait une sensation inconnue mêlée d'épouvante et de curiosité.

Quoique cette chanson ait une désinvolture brutale, que nous n'admettons pas d'une manière complète, nous la donnons ici au lecteur, pour qu'il puisse juger par lui-même de l'effet qu'elle devait produire.

LE CHANT DES GUEUX.

I

Enfin, le vieux monde craque
Sur ses étais vermoulus,
Comme une vieille baraque
Dont la terre ne veut plus...
Cour de valets, boutiques à priviléges,
Maigres cagots...
Nous vous narguons vous et vos sortiléges,
Et vos cachots!...

C'est la ronde des Gueux qui passe.
Morbleu!...
Qu'on lui fasse une large place
Au soleil de Dieu!...

II

Courtisans et courtisanes,
Pompadour ou Richelieu,
Habits brodés ou soutanes,
Nous flanquerons tout au feu...
De leurs palais nous briserons les grilles
Comme des joncs,
Et nous irons secouer nos guenilles
Sur leurs donjons!...

C'est la ronde des Gueux qui passe,
Morbleu!...
Qu'on lui fasse une large place
Au soleil de Dieu.

Rien ne manquait à ce chant de ce qui pouvait lui imprimer un cachet particulier de haute originalité : la voix qui le chantait était rude et inculte, et elle éclatait par moments avec une telle puissance de sonorité qu'elle semblait emplir la vaste salle où se passait l'orgie. Ce chant lui-même était merveilleusement adapté aux paroles. Tantôt railleur, tantôt menaçant, il avait des notes qui allaient alternativement du grave à l'aigu et donnait aux vers un accent bizarre qui charmait et surprenait tout à la fois; il y avait de tout dans ce chant : de l'ironie, de la colère, du désespoir; à de certains moments, la phrase mélodique était brusquement coupée par des intentions de Ballade mystérieuse; des oppositions presque sauvages étaient ménagées avec un art dont il serait impossible de donner une juste idée. C'était quelquefois naïf comme un chant de Guarams, quelquefois large et magistral comme un choral religieux... et quand le refrain s'élançait hardi et menaçant vers les voûtes sonores, on sentait que c'était le souffle ardent et passionné de cinquante poitrines robustes.

Tanneguy et la Pergolette ne se lassaient pas d'écouter, et l'on eût dit que chaque note éveillait un écho douloureux dans leur cœur... Le vicomte, au contraire, s'était redressé de toute sa hauteur et son front s'épanouissait et un sourire de satisfaction suprême courait sur ses lèvres.

— Qu'est-ce que cela signifie? demanda enfin Tanneguy en faisant quelques pas vers ce dernier.

— Ce sont des brigands! dit Pergolette en frissonnant.

— Ou des sauvages, ajouta Tanneguy.

— C'est tout simplement le peuple, répondit le vicomte en haussant les épaules.

— Mais ils vont se faire massacrer sans pitié...

— Peut-être.

— Le duc est cruel, dit Tanneguy.

— Le peuple est terrible, repartit le vicomte; voyez plutôt par vous-mêmes.

Bellechasse se précipita vers l'endroit d'où l'on pouvait voir le festin, et ayant avec un geste passablement dramatique écarté la haute tenture qui cachait la glace, Tanneguy et Pergolette se hâtèrent d'y plonger leurs regards.

La salle dont nous avons parlé plus haut avait presque complétement changé d'aspect... Les seigneurs avaient disparu, les courtisanes s'étaient enfuies, et l'on n'apercevait plus à la clarté vacillante des bougies qu'une étrange population en guenilles, laquelle courait çà et là sans ordre et sans but au milieu des débris du festin !...

C'étaient les Gueux !

Qu'étaient-ils venus faire chez le duc d'Amboise? qui les avait poussés à cet acte de téméraire audace? qui les y avait conduits !...

Ils ne l'avaient pas demandé.

On leur avait dit, venez, et ils étaient venus; on leur avait dit qu'il s'agissait du duc d'Amboise et ils avaient poussé des cris de joie, et maintenant qu'ils se retrouvaient dans cette enceinte chaude encore des lourdes vapeurs de l'orgie, c'était avec une sorte d'ivresse qu'ils visitaient une à une toutes ces richesses, c'était avec une sorte d'enthousiasme qu'ils foulaient ces somptueux tapis et faisaient retentir ces voûtes impies de leur brutal refrain :

> C'est la ronde des Gueux qui passe,
> Morbleu !
> Il leur faut faire une large place
> Au soleil de Dieu.

La Pergolette ne s'attendait pas à un pareil spectacle, elle recula épouvantée, et courut se réfugier à l'extrémité du boudoir.

Quant à Tanneguy, c'est en vain qu'il cherchait à s'expliquer ce qui se passait en lui! Depuis une heure, tant de choses avaient surgi devant ses yeux; il avait assisté à tant de spectacles singuliers, il avait subi tant d'émotions diverses, qu'il ressentait une fatigue indéfinissable qui pesait même sur son esprit! Il en était venu à douter de tout... d'abord de Pergolette, maintenant du vicomte; une sourde défiance germait dans son cœur, il éprouvait des mouvements d'impatience et de colère, sans cause et sans but!... Il aurait eu

besoin de recueillement et de repos pour coordonner ces mille idées confuses qui embarrassaient son cerveau; sa poitrine manquait d'air, il eût voulu fuir et ne voyait aucune issue.

A de certains moments, il revenait tout à coup à de meilleurs sentiments, et se reprenait à la confiance et à l'amitié; le vicomte de Bellechasse l'étonnait sans l'effrayer; et la pensée de Pergolette jetait en son cœur un attendrissement vague. Malgré lui, il comprenait qu'il allait se passer quelque chose de grave et se préparait instinctivement pour les luttes prochaines. Mais si Tanneguy était fort et vaillant, il était aussi superstitieux et naïf, et une fois cet effort héroïque éteint, il retombait bientôt de toute sa hauteur dans l'indécision et l'incertitude.

Tout à coup, cependant, les trois spectateurs de cette scène pittoresque se relevèrent à la fois, et comme poussés par un même sentiment, et tous les trois se précipitèrent à la fois vers la porte qui conduisait chez le duc.

Tanneguy était affreusement pâle, la Pergolette tremblait, le vicomte était devenu sérieux!...

Un cri qui n'avait rien d'humain venait de retentir dans la chambre du duc.

Pour tous les trois, il était évident que l'on égorgeait quelqu'un dans cette chambre.

XVIII

L'INCENDIE.

Dur est celui qui n'eût pas pleuré quand elle arriva.

(Chants populaires de l. Bretagne)

Le vicomte tira son épée du fourreau, Tanneguy se précipita vers la porte.

La porte cédait déjà sous une pression violente; Tanneguy appuya rudement son épaule contre la serrure, et, en un clin d'œil, la serrure sauta !

Alors, et comme si elle n'avait attendu que cette issue pour s'échapper, une femme pâle, les cheveux épars, les vêtements en désordre, entra éperdue dans le boudoir, en jetant ses bras au devant d'elle en signe de désespoir.

Un cri unanime l'accueillit.

C'était Annaïk !

Annaïk effarée, pleine d'épouvante, n'osant regarder à côté d'elle, mais regardant avec terreur si nul ne la suivait.

Elle n'avait pas entendu le cri qui avait salué son entrée dans le boudoir, elle s'y croyait seule; son regard restait attaché à la porte dont elle venait de franchir le seuil.

Un drame s'était accompli derrière cette porte; Annaïk passa convulsivement sa main crispée sur son front comme pour en chasser une pensée importune; elle eût voulu oublier et ne le pouvait pas... son cœur battait à se rompre; ses sanglots l'étouffaient; la force qui l'avait soutenue dans la fuite était près de l'abandonner; elle avait peur et n'osait plus!...

Alors, sans doute, la pensée lui vint qu'elle n'était pas en sûreté dans ce boudoir où elle venait se réfugier, le malheur qui l'avait un instant menacée pouvait se présenter de nouveau; il fallait fuir, fuir à tout prix cette demeure maudite!..

Elle chercha une issue...

Mais pour chercher cette issue, son regard tourna lentement autour du boudoir, et pour la première fois elle aperçut les trois personnages dont nous avons parlé, le vicomte d'abord, puis la Pergolette, puis enfin son frère Tanneguy.

Le vicomte avait mis l'épée à la main, elle eut peur... Mais il la regardait avec une pitié douce et tendre, et elle se rassura.

La Pergolette, elle la connaissait... elle l'avait vue souvent près du duc... Ce pouvait être une ennemie, et ses craintes revinrent en foule assiéger son cœur. Cependant la Pergolette pleurait, et à travers ses larmes un sourire ineffable rayonnait sur ses lèvres… Son épouvante se calma aussitôt et la confiance illumina son front…

Mais que fut-ce donc quand, à la pâle clarté de la lampe, son regard rencontra celui de Tanneguy, quand elle distingua dans la pénombre du boudoir cette grave et belle figure du paysan breton, quand elle vit à quelques pas d'elle se dessiner la vigoureuse et fière silhouette de son frère, son cœur s'ouvrit à la joie et à l'espoir, une joie folle s'empara de son esprit et elle courut se suspendre au col de Tanneguy.

Ce dernier était resté calme; il baisa pieusement le front que lui présentait Annaïk, leva les yeux au ciel, et la repoussant doucement, il lui indiqua du geste un prie-Dieu placé non loin de là porte.

Annaïk eut un singulier frisson; elle baissa la tête avec résignation, et marcha lentement vers le prie-Dieu sur lequel elle s'agenouilla.

La Pergolette avait suivi cette scène avec une attention poignante, et sans doute elle comprit l'intention de Tanneguy, car elle aussi, elle s'agenouilla, et, ayant joint ses deux mains tremblantes, elle commença à prier…

Certes, il avait fallu à Tanneguy plus que du courage, il lui avait fallu de l'héroïsme pour résister au désir insensé qui l'avait pris d'étreindre Annaïk contre sa poitrine et de baiser violemment son front adoré… Mais à ce moment solennel et terrible, il avait senti qu'il avait besoin de toute sa force et de toute sa présence d'esprit, et il n'avait pas voulu se laisser attendrir.

Un silence de plomb pesait sur le boudoir; on eût dit que l'arrivée d'Annaïk les avait rendus tous muets et sourds !

Tanneguy marcha vers le vicomte, l'entraîna vers un coin du boudoir que l'ombre avait envahi, et se dirigea aussitôt vers la porte du duc.

Une foi là, il s'arrêta.

Tanneguy savait que la chambre d'où Annaïk était sortie appartenait au duc; c'est ce dernier qu'il s'attendait à voir paraître, c'est lui qu'il s'apprêtait à recevoir…

Cinq minutes se passèrent pourtant sans qu'il ne parût personne.

La lampe ne jetait plus çà et là que quelques faibles lueurs; on n'entendait que le souffle des deux femmes qui priaient agenouillées… Tanneguy avait à la main l'épée du vicomte, et, collé contre la cloison, à moitié caché par les tentures, il attendait.

Enfin la porte du boudoir s'entr'ouvrit, et une tête parut…

Du seuil de la porte on ne pouvait distinguer que les deux femmes.

La tête sourit…

Elle était horrible à voir !…

C'était quelque chose comme une tête de serpent; plate, triangulaire anguleuse, avec un petit œil vert qui brillait comme une escarboucle. Elle s'allongea sur un col difforme, regarda à droite et à gauche, puis passa à travers la porte…

Tanneguy eut une crispation de rage… Il venait de reconnaître dans ce nouvel acteur, Yvonnic le petit bossu de Plougasnon.

Son épée trembla dans sa main.

Yvonnic ne voyait rien, rien que les deux femmes, et il s'avançait vers elles, à pas de loup, craignant de troubler le recueillement d'Annaïk.

Mais Tanneguy le suivait; une expression de colère aveugle contractait ses traits; son épée, qu'il tenait maintenant par la lame, remuait énergiquement dans ses deux mains crispées.

Cette scène avait un caractère particulier de férocité qui glaçait le sang dans les veines; et rien n'égalait l'expression sordide qui s'était gravée sur la figure d'Yvonnic, si ce n'est le profond sentiment de cruauté qui respirait sur celle de Tanneguy.

Le vicomte Hector de Bellechasse souriait à cette scène comme si le résultat lui en eût été indifférent, et son regard suivait, avec plus de curiosité que d'intérêt réel, les moindres mouvements des deux adversaires.

Enfin, au moment où le petit bossu allait toucher l'épaule d'Annaïk, Tanneguy serra résolûment l'épée du vicomte et l'ayant fait tourner dans l'air, il en laissa lourdement retomber le pommeau sur le crâne d'Yvonnic.

Ce dernier s'affaissa sur lui-même et alla rouler sur le tapis.

Le coup, heureusement pour le petit bossu, avait légèrement dévié dans le trajet; le pommeau de l'épée ne fit ainsi qu'effleurer le crâne, et n'entama que son épaule.

Néanmoins, cette brusque attaque suffisait pour l'étourdir, et il tomba sans connaissance à deux pas d'Annaïk.

— Pas mal ! fit le vicomte en se rapprochant.

Mais Tanneguy avait rejeté loin de lui son épée sanglante ; il s'était agenouillé haletant auprès du corps d'Yvonnic, et il attendait, le poignard à la main, que ce dernier revînt à lui !

— Que voulez-vous donc faire de cet homme, demanda le vicomte en essuyant avec son mouchoir de fine batiste la poignée de son épée.

— Silence, répondit Tanneguy d'une voix étouffée.

— Mais c'est un misérable valet.

— Je le sais…

— Quand vous l'aurez tué, à quoi cela vous servira-t-il ?

— Il revient à lui ?…

— Vous devenez fou, mon cher ami.

— Ah ! vous ne devinez pas.

— Je ne devine rien.

— C'est lui…

— Qui lui ?

— Yvonnic.

— Je suis enchanté de savoir qu'il répond au nom d'Yvonnic, mais je ne comprends pas.

— Ecoutez donc, monsieur le vicomte, et vous comprendrez, répondit Tanneguy, d'une voix sèche et brève.

Cependant Yvonnic recouvrait peu à peu ses sens ; la blessure qu'il avait reçue était en réalité peu grave ; le sang qu'il perdait ne pouvait pas l'avoir considérablement affaibli ; il remua et étira un instant ses membres endoloris, fit une horrible grimace de douleur et rouvrit les yeux.

Tanneguy était devant lui, l'œil flamboyant et plein de menace. Yvonnic eut un frisson qui lui parcourut instantanément tout le corps.

— Mon Dieu béni, s'écria-t-il, en joignant les mains, monsieur Tanneguy !…

— Ah ! tu me reconnais, répondit ce dernier d'un ton ironique.

— Vous ici !…

— Tu y es bien, toi !…

— Je suis perdu.

— C'est bien possible.

— Monsieur Tanneguy…

— Tais-toi… misérable, et écoute ce que j'ai à te dire…

Yvonnic baissa douloureusement la tête et se sentit investi par une terreur glaciale. Il connaissait Tanneguy de longue date et savait bien qu'il était terrible et implacable dans ses vengeances. Tanneguy n'avait pas sans doute oublié la scène de la grève de Plougasnon, puisque lui, Yvonnic, il se la rappelait si bien. Il pensa avec désespoir que sa dernière heure était venue et ne songea même pas à lutter contre cette fatalité qui l'acculait dans une impasse.

— Ecoute, Yvonnic, reprit bientôt Tanneguy; tu es la cause du malheur le plus cruel qui ait frappé notre famille…

— Je vous assure, monsieur Tanneguy… voulut répliquer Yvonnic.

— Tais-toi, te dis-je, interrompit le jeune paysan en lui enfonçant brutalement dans l'épaule six lignes du poignard qu'il tenait à la main.

Yvonnic fit entendre un grognement sourd et une larme

d'atroce douleur perla un moment sur ses paupières.

Tanneguy n'y prit pas garde; il était décidé à être horrible jusqu'à la cruauté... Il poursuivit :

— Tu es la cause du malheur qui a frappé la famille des Tanneguy, dit-il... et pour cela tu mérites un châtiment qui ne te manquera pas... mais, quoique je sois disposé à ne point t'épargner, tant qu'il restera un peu de force dans mes bras et une goutte de sang dans mes veines, cependant il dépend de toi d'adoucir le châtiment que je te réserve...

— Que faut-il faire?... balbutia Yvonnic.

— Je suis venu à Paris pour chercher mon père et ma sœur Annaïk et me venger du duc d'Amboise. Me voici dans la demeure du duc, il faut que tu m'aides à l'y trouver.

— Le duc est parti!...

— Cependant, c'est bien lui qui tout à l'heure était dans cette chambre, fit Tanneguy en montrant la porte par laquelle Annaïk était entrée dans le boudoir.

— En effet..

— Il doit y être encore, sans doute.

— Je ne le pense pas.

— Enfin, il n'est pas sorti de son hôtel.

— Peut-être.

— Comment cela?...

— Le duc a été effrayé de l'irruption des Gueux.

— Eh bien...

— Il a craint d'abord pour sa personne, ensuite pour son hôtel...

— Et qu'a-t-il fait?...

— Ce que l'on fait en pareil cas.

— Que fait-on?

— On va trouver le lieutenant de police.

— Ah!

— On lui raconte le danger, et, pour peu qu'on soit lié à ce magistrat, en un clin d'œil la maréchaussée arrive et la maison est cernée.

Tanneguy échangea un rapide coup d'œil avec Bellechasse.

— Est-ce possible? demanda-t-il au vicomte.

— C'est probable, répondit ce dernier.

— Il faut fuir alors...

— Croyez-vous?

— Mais si la maréchaussée arrive...

— La maréchaussée pourrait bien se brûler les doigts,... attendez!...

Le vicomte s'approcha alors de l'endroit d'où l'on apercevait le spectacle original de la salle du festin, fit sauter la glace avec la poignée de son épée, et, ayant porté les lèvres à un petit sifflet d'argent qu'il venait de tirer de sa poche, il fit entendre deux ou trois coups secs que les échos de la vaste enceinte se renvoyèrent à plusieurs reprises.

Chose étrange!...

On eût dit que des machinistes habiles n'attendaient dans l'ombre que ce signal pour agir, et comme si la baguette magique d'une fée invisible eût subitement touché la salle, elle se transforma tout à coup, et un spectacle inouï frappa les regards de nos spectateurs émerveillés.

Toute cette population, qui se promenait en guenilles au milieu des splendeurs du temple, s'arrêta instantanément; les chants et le désordre cessèrent et une régularité silencieuse et sinistre leur succéda.

Les Gueux étaient allés se grouper autour d'un centre commun; un de leurs chefs se tenait debout au milieu d'eux; il leur adressa quelques paroles à voix rapide et rude; et, à un nouveau signal, ils se dispersèrent tous dans des directions différentes et en se faisant une torche du bâton qu'ils tenaient à la main.

L'incendie allait commencer...

Une horrible confusion se mit alors dans tous les rangs; une épaisse fumée s'éleva du sol et grimpa, en s'attachant aux colonnes de marbre, jusqu'au point culminant de la voûte : ce ne fut plus bientôt qu'une mêlée affreuse où statues, colonnes, mendiants, temple, tout disparut; une sourde rumeur composée de mille murmures, du bruit des tables que la flamme dévorait, des riches tentures qui se tordaient sous l'action ardente du feu, et au-dessus de laquelle dominait ce bizarre refrain des prolétaires de l'époque :

C'est la ronde des Gueux qui passe,
Morbleu !...
Qu'on lui fasse une large place
Au soleil de Dieu !

La fin du règne de Louis XVI fut souvent marquée par de semblables sinistres. Les moissons, les châteaux étaient çà et là incendiés par des mains inconnues. Le désordre, la vengeance, la faiblesse du pouvoir, le réveil des peuples, l'orgie incessante des nobles, tout présageait quelque grand événement, la fin d'un règne ou une révolution !

Qui pourrait donner une idée exacte du tableau grandiose qui se développa au palais du duc d'Amboise? Tanneguy, Pergolette, Annaïk, le vicomte regardaient haletants ce qui allait se passer, et se sentaient investis de glaciales terreurs.

Quant à Yvonnic, il avait profité des premiers moments de répit pour disparaître.

C'est terrible!... murmurèrent en même temps Tanneguy et Pergolette.

Le vicomte les regarda avec ironie et haussa les épaules :

— Nous en verrons bien d'autres, vous et moi, répondit-il, ce sont des spectacles auxquels il faut s'habituer; le peuple a souffert, mon gentilhomme, et il se venge...

— C'est horrible, répétèrent le paysan et la courtisane.

Le vicomte allait répondre, mais il se retint :

La flamme s'élançait maintenant avec une activité nouvelle, les glaces volaient en éclats, les colonnes de marbre que la fumée avait noircies se fendaient de toute leur hauteur. L'incendie dévorait la maison du duc.

— Allons, dit le vicomte avec enjouement, nos hommes font les choses en conscience; maintenant la maréchaussée peut venir, elle ne trouvera plus personne.

Et comme une dernière hésitation restait encore dans l'esprit de Tanneguy :

— Venez ! venez! ajouta Bellechasse, nous n'avons pas de temps à perdre; la partie est gagnée ; ne la compromettons pas, en nous laissant prendre.

Et saisissant le bras du jeune paysan, il s'élança dans l'escalier, entraînant en même temps la Pergolette et Annaïk.

Quant à Yvonnic, un moment oublié, il s'était glissé comme une couleuvre hors du boudoir, et n'avait fait ensuite qu'un bond pour atteindre la rue.

Il était loin du poignard de Tanneguy.

XIX

LA PÉCHERESSE AUX SEPT DOULEURS.

Quelques semaines s'étaient écoulées depuis l'incendie de la petite maison du duc d'Amboise. La plupart des Gueux étaient parvenus à s'échapper. Tanneguy seul était tombé au pouvoir de la force armée, lorsqu'elle avait fait irruption au milieu de la saturnale.

Tanneguy avait été en conséquence jeté à la Bastille.

Pergolette était retournée chez le duc, mais elle avait eu le temps de veiller sur Annaïk, et, pour le moment, Annaïk était cachée dans une maison du faubourg Saint-Antoine, que Pergolette et Marton seules connaissaient.

Quant à Bellechasse, on n'en avait plus entendu parler.

Les recherches de la police avaient été vaines; M. Crampton et Yvonnic s'étaient bien torturé l'imagination; le lieutenant de police lui-même s'était mêlé de l'affaire, mais Bellechasse avait déjoué tous leurs plans, et jusqu'alors, bien qu'il

M. Crampton lorgna la bourse et parut satisfait du contenu. (P. 26, col. 1.)

n'eût rien changé aux habitudes excentriques de sa vie, il s'était dérobé à tous les piéges.

Un matin, Pergolette s'était levée rêveuse, en proie à d'étranges agitations.

La matinée était belle, joyeuse, le ciel était tout bleu, le soleil resplendissant; les fleurs étincelaient et les oiseaux modulaient la gaieté sur les tons les plus vifs et les plus brillants.

Pergolette ne mêlait pas sa joie à la joie de la nature.

Enveloppée d'un long peignoir, les pieds chaussés négligeamment de petites pantoufles roses, les cheveux tombant sans ordre sur ses épaules, elle s'était paresseusement étendue sur un sopha, la tête penchée, le genou ramené sous son menton, et ses jolis doigts croisés sur ses jambes.

Dans cette pose elle eût offert un délicieux sujet à un habile crayon.

Mais ce que le crayon n'eût pas rendu, ce sont les rêves brûlants, les douleurs secrètes, les sentiments tumultueux qui agitaient la belle pécheresse, qui pâlissaient ses joues, et entouraient ses yeux d'un cercle bleuâtre et ses paupières d'une bordure ardente. Elle aimait!

Elle aimait pour la première fois.

Jusqu'à ce jour, Pergolette avait eu la vertu de Ninon ou de Manon! Mais son cœur était resté à peu près vierge!

On comprendra assurément cette situation d'âme de la jeune fille. La société galante du xviii siècle laissait bon compte du sentiment, et le cœur entrait pour très-peu dans les relations nouées à cette époque.

Les plaisirs frivoles, les liaisons légères et sans embarras, les soupers, les petites maisons, les boudoirs, les jeunes roués, de verts-galants, des madrigaux, des désespoirs d'amour, par hyperboles, des larmes noyées dans un verre de vin de Chypre, la rupture d'hier consolée par un nœud d'aujourd'hui, beaucoup d'esprit, vrai ou faux, au lieu de sentiment, des paradoxes en place d'idées, une ardeur inouïe de jouissances, qui auront fait supposer que les hommes avaient conscience des terribles angoisses que leur réservait l'avenir, voilà quelle était la situation de la société pendant la seconde moitié du dernier siècle.

Au milieu d'une noblesse étourdie et corrompue, de beaux esprits pleins d'eux-mêmes, de traitants gonflés d'or et bouffis d'orgueil, quel rôle aurait pu jouer le cœur d'une jeune femme; un rôle de dupe sans doute!

Et bien, certainement, ce n'est pas ce rôle que cherchait la Pergolette.

Il y a double plaisir à tromper un trompeur, a dit le fabuliste. Hélas! en ce bon temps, on ne prenait pas même la peine de se tromper. Il régnait partout un égoïsme bon enfant, qui

Ils marchaient mystérieusement sans proférer une parole. (P. 29, col. 1.)

ne se refusait pas à céder la place quand il était satisfait et repu.

Tel était l'esprit public.

Les Pergolettes s'étaient gardées de trouver à redire à cet esprit public qui rendait leur situation si aisée, mais étaient loin d'être heureuses.

D'abord éblouies du luxe dont on les entourait, des plaisirs dans lesquels elles s'étourdissaient, des flatteries dont elles étaient l'objet, elles couraient dans la vie et ne la sentaient pas s'écouler.

Puis un jour, venait la satiété donnée par l'habitude ; les sens s'émoussaient aux jouissances et la vanité aux redites des galants.

Et l'ennui arrivait.

L'ennui vide, sombre, fait autour d'une existence un abîme que l'amour seul peut combler.

Longtemps le vide s'était creusé autour de la Pergolette; au milieu des tant jeunes et vieux qui l'entouraient, l'amour ne pouvait naître.

Pour qu'un sentiment violent se rendît maître de l'âme de Pergolette, il fallait que son âme fût soumise à un grand heurtement. »

Ce heurtement se produisit.

Un jour son cœur fut en présence d'un étrange contraste.

La jeune fille vit tout à coup, d'un côté, cette noblesse frivole, sans âme, rouée, ridée et vieillie, quoique jeune ; esprits sans mordant, fleurs sans parfum, âmes fades, corps musqués et décrépits ; de l'autre côté, cette nature neuve de Tanneguy, âme primitive, forte, toute vibrante au vent des passions, esprit sain et droit, corps robuste et vigoureux, complexion énergique et dévouée.

Elle aima Tanneguy.

Alors des pensées et des sentiments étranges s'ouvrirent en elle, elle eut comme une honte et un remords de son passé ; elle s'aperçut, elle qui avait cru ne rien donner, qu'elle avait beaucoup perdu, des regrets amers, des craintes, un sentiment de pudeur méconnu jusqu'alors, toute une série de sensations inusitées se pressaient dans son âme.

C'est le privilège des natures fortes et pures de troubler ainsi les âmes souillées, quand elles se trouvent soudainement en leur présence. Pergolette avait reçu un double choc, et par rapport à elle, âme souillée, et par rapport à son entourage, hommes frottés de tous les vices.

Elle souffrait, la pauvre enfant, de cette ineffaçable souillure, dont elle s'était couverte et qui creusait un abîme entre elle et Tanneguy. Elle sentait peser sur son cœur et le broyer, le mépris de l'homme qu'elle aimait plus que tout au monde ; nul espoir de se réhabiliter aux yeux de cette rude nature bretonne ne s'offrait à elle ; quel dévouement, quelle expiation pourrait la relever ?

Par la violence de son amour et l'excès de ses craintes, elle exagérait à ses yeux le tableau de sa situation.

Mais ce n'était pas là la seule cause de ses chagrins.

Tanneguy était prisonnier, Tanneguy était à la Bastille.

Une terreur inexprimable s'emparait d'elle à cette pensée. La Bastille, cet antre des tombes, des douleurs, de toutes les misères, de tous les tourments, cette terrible prison dont le nom seul faisait tressaillir ; ce nom synonyme de larmes, de soupirs, d'ennuis mortels, de privations, d'étouffements, de tortures, ce nom épouvantait Pergolette.

Tanneguy ! cet être aimé, aimé avec cette passion irrésistible, impérieuse, qui s'emparait des sens et de l'âme. Tanneguy gisait à la Bastille, privé de liberté, d'air, de lumière, dans quelque humide cachot, bien bas, bien noir, bien humide, sur une pierre dure et froide, semée d'une paille infecte, nourri d'un pain noir et abreuvé d'eau bourbeuse.

Tanneguy, qu'elle eût voulu entourer de toutes ses tendresses, de tout le luxe, de tous les bonheurs !

Tanneguy était prisonnier, lorsqu'elle eût voulu, elle, être son esclave et le servir comme son maître et son seigneur.

A cette souffrance de l'emprisonnement de son amant se joignait une douleur personnelle, lacérante, mordante, irrésistible, qui se traduisait par des soubresauts, des frissonnements, des élans irrésistibles, terminés par des pâmoisons.

Elle était privée de la vue de Tanneguy !

Les âmes vertueuses, quelle que soit l'énergie de la passion qui les envahit, ont une force de résistance, de patience qui contient la douleur et rend moins sensibles les obstacles mis au travers de leurs désirs.

La courtisane, au contraire, habituée à céder à tous les entraînements de ses sens et à ne trouver aucun obstacle à la satisfaction de ses caprices, se trouva sans courage et sans énergie dans une passion malheureuse ou contrariée.

Pergolette était donc brisée par le désespoir de l'absence et de la privation.

A mesure que les tourments agitaient son âme, la verve et la gaieté, qui avaient fait son principal succès dans le monde galant qu'elle avait fréquenté jusqu'alors, s'étaient évanouis, le délaissement en était résulté, Pergolette était seule.

Solitude effrayante !

C'est en ce moment qu'elle eût eu besoin de plaisirs effrénés, d'étourdissements et de bruits pour ne pas entendre sa pensée !

Et pourtant elle aimait cette solitude ; elle buvait, goutte à goutte, les amertumes de son âme, et elle ressentait de cuisantes jouissances à retourner dans sa pensée et dans son cœur le sentiment qui la torturait.

Toutefois, elle regrettait une chose de sa vie passée : sa puissance !

La puissance, cette baguette magique que porte la beauté comme une fée souveraine, et devant laquelle tombent les murs et s'ouvrent les verrous.

Autrefois elle eût désiré la liberté de Tanneguy... une heure après Tanneguy eût été libre.

Pourtant, au milieu de ses souffrances, Pergolette avait une consolation.

Elle s'était constituée l'ange protecteur d'Annaïk. Elle avait mis la jeune muette à l'abri des poursuites du duc d'Amboise, elle l'entourait de soins, de dévouements et cherchait à lui rendre moins dures les longues heures d'ennui et de désespoir où l'avait plongée la disparition du vieux Lebras et l'incarcération de Tanneguy. Une sorte de fraternité s'était établie entre ces deux femmes. Toutes les deux elles aimaient Tanneguy, toutes les deux elles déploraient son absence.

Ces deux femmes, malgré l'infirmité d'Annaïk, étaient par-

venues à se comprendre. Un regard, un soupir, un sourire, un mouvement des lèvres, des yeux ou des muscles du visage, un geste, tout servait à traduire, à Pergolette, les pensées et les sentiments d'Annaïk, grâce à ce don de suprême vue que lui communiquait la situation extraordinaire d'exquise sensibilité et d'intelligence dans laquelle elle se trouvait.

Un jour, le désespoir d'Annaïk devint plus sombre et celui de Pergolette plus cuisant.

Tous les cris de leur être demandaient Tanneguy avec une supérieure violence.

Les deux jeunes filles se regardèrent et d'abondants ruisseaux de larmes coulèrent de leurs yeux.

Le visage d'Annaïk exprimait une désolation morne et profonde, celui de Pergolette, une douleur violente et convulsive.

Que faire ! s'écriait Pergolette, je donnerais mon âme et ma vie pour sa liberté !

Pergolette se rappela alors qu'elle avait été aimée, et naturellement elle songea au duc d'Amboise.

Le duc d'Amboise !

Un grand nom, d'immenses richesses, une influence certaine à la cour, un esprit d'intrigues qui lui permettait d'atteindre tous les buts, telle était la situation de ce grand seigneur.

Il tenait entre ses mains la liberté de Tanneguy et la vie de Pergolette !

Elle résolut d'aller trouver le duc.

Avant de mettre sa résolution à exécution, elle pesa bien les difficultés qui luttaient contre le succès, moins pour voir si elle devait agir que pour savoir quels coups il fallait porter.

En cette occurrence elle dressa tout l'arsenal des femmes galantes, connaissant la profonde corruption du duc d'Amboise, et sachant qu'une jolie femme achetait tout de lui, de l'espoir d'une faveur, elle mit tout son art de coquette et de courtisane à se parer et à s'armer de séduction.

Ainsi entourée de parure et d'élégance, elle était belle et charmante.

Elle alla se mettre devant Annaïk comme pour lui demander « suis-je bien ainsi ? » La jeune Bretonne ne put retenir un cri d'admiration et joignit les mains. Pergolette sourit tristement ; l'espoir du succès s'ouvrait pour elle. Alors, pour donner à son âme la force d'accomplir son dessein, elle se mit à genoux devant Annaïk et tendit son front à la jeune fille, implorant un baiser sur son front.

Annaïk tendit les bras à Pergolette, l'attira sur son cœur et l'embrassa cordialement.

A ce baiser de la naïve et vertueuse paysanne, Pergolette se sentit envahie d'un sentiment inconnu. Un doux et vivifiant contentement épanouit son être comme si des brises intérieures fraîches et pures eussent soufflé dans son âme. Tout son cœur tressaillit dans sa poitrine.

Ce baiser fut pour elle comme un baptême.

Elle sortit brave, forte, confiante dans son amour, dans sa beauté et dans la suave chasteté du sentiment qui la poussait.

C'était Pergolette transfigurée !

Or, que faisait cependant le duc pendant que Pergolette se rendait près de lui, après avoir si bien tout préparé pour le succès de la tentative.

Le duc était à son hôtel ; onze heures venaient de sonner ; le duc était à sa toilette.

Il ne serait peut-être pas sans intérêt de dépeindre à nos lecteurs tous les détails de cette toilette du vieux beau !

Depuis dix heures, moment de son lever, jusqu'à deux heures de l'après midi, le vert-galant abandonnait son corps à une foule de gens chargés de le rafraîchir, de l'embellir, de l'orner ; c'était tout un travail pour ranimer ce corps qui s'en allait, pour ranimer les ravages de l'âge et de la débauche.

Enumérer les instrument, les cosmétiques, les pâtes, les onguents, les teintures, les brosses, les pinceaux, les flacons, les pots, les poudres, les boîtes, les vases, les pinces épilatoires, je n'en finirais pas.

Fausses chairs, fausses couleurs, faux cheveux, fausses dents, âme fausse, cœur faux, esprit faux, telle était la vieillesse noble et corrompue de la fin du dix-huitième siècle, cette noblesse si brillante, si spirituelle, si séduisante au dehors.

Ces quatre longues heures que le duc passait à se faire répir ne s'écoulaient pas entièrement dans l'ennui qui résulte de tout apprêt à la toilette.

Les rois ont leurs bouffons : le duc avait mieux qu'un bouffon, il possédait Yvonnic, Yvonnic, qui savait dérider son maître aussi bien que l'eussent fait les Triboulet et les Chicot; Yvonnic, qui savait, en outre, avec un profond esprit d'intrigue et une grande aptitude à nouer de ténébreux desseins, admirablement servir les caprices d'un vieux libertin.

Ce matin donc, Yvonnic était auprès du duc.

Tout naturellement, on parlait d'Annaïk. Annaïk!

Source de beaux bénéfices pour le bossu et de délirants espoirs pour le noble amant.

Tout en abandonnant sa peau jaune et ridée aux mains habiles d'un artiste qui la rendait fraîche, ferme, rose et unie, grâce à de nombreuses couches d'une pâte merveilleuse, le duc disait au bossu :

— Yvonnic, ton esprit baisse et mon amour augmente! Annaïk est pour toi de plus en plus introuvable, ma passion devient tous les jours plus impérieuse; Yvonnic, il me faudra te réformer, puisque je ne puis réformer mon cœur.

— Monseigneur, pour arriver à un but, il faut deux choses : de l'or et de la patience. L'or ne vous manque pas, mais la patience...

— Me fait défaut, je le sais; eh bien! doublons la quantité d'or nécessaire, et qu'il me soit permis de supprimer la patience.

— Vous doublerez l'or nécessaire?

— Ma bourse est-elle jamais vide? maraud!

— La vôtre? non, monseigneur; mais la mienne l'est souvent.

— Maître coquin!

— Maître, non; mais votre valet.

— Ce n'est pas tout cela; peux-tu me faire retrouver celle que j'aime?

— Monseigneur peut compter sur mon dévouement.

— Il ne s'agit pas de ton dévouement.

— Je le sais, monseigneur; quand on sert les grands de ce monde, le zèle et le dévouement ne sont rien : la réussite est tout.

— Eh bien! réussis.

— Vous m'en voyez fort désireux.

— As-tu une idée? au moins.

— Peut-être.

— Voyons ton idée.

— Revenons d'abord à ce que disait monseigneur tout à l'heure.

— Que disais-je donc?

— Que monseigneur manquait de patience.

— En effet.

— Mais qu'il doublerait le contenu de la bourse.

— Ai-je dit cela?

— Vous l'avez dit, monseigneur.

— Si je l'ai dit, je le maintiens.

— C'est que, si les choses prenaient cette tournure, on pourrait peut-être s'arranger.

— Maraud, je soupçonne que tu songes à tes affaires avant les miennes.

— Monseigneur, ce serait toute justice; mais il n'en est cependant pas ainsi.

— Tu parais bien autrement me servir pour tes intérêts que pour les miens.

— A quoi monseigneur a-t-il cru deviner cela?

— Mais, ne mets-tu pas un prix à la réussite de mon désir?

— Monseigneur est tombé dans une erreur profonde et je n'ai jamais songé à exploiter la générosité de monseigneur.

— Cependant.

— Je n'ai jamais compté avec monseigneur, autrement j'aurais un compte gros à régler dans cette maison.

— Tu dis?

— Depuis le jour, surtout, où il a pris la fantaisie à monseigneur d'enlever cette petite et de s'en faire aimer, la place n'a pas été douce pour moi et j'ai failli plusieurs fois payer de ma peau mon dévouement et mes services.

Le duc se prit à rire.

— Pauvre Yvonnic! dit-il.

— C'est grâce à je ne sais quel saint ou quel démon que je suis de ce monde.

— Il est de fait que par deux fois, si j'en crois tes récits, ce Tanneguy t'a fait passer un mauvais quart d'heure.

— Oh! monseigneur.

— C'est un rude gars.

— Et un mauvais homme.

— Aussi, tu ne te défends pas.

— Je ne suis pas méchant et je porte un grand intérêt à monseigneur; mais je voudrais bien le voir en présence de ce butor-là. Vous verriez...

— Qu'est-ce à dire?

— Histoire de causer quelques minutes.

— Tu sauras qu'un Tanneguy ne se permettrait pas de s'adresser à un homme de mon rang.

— Ah! ah! cela dépend. Ces gens-là sont si mal élevés.

— Enfin, tu disais donc que tu avais des périls à courir à mon service?

— Oh! oui, monseigneur.

— Et que tu me servais avec un désintéressement digne des premiers âges.

Yvonnic ne se méprit pas au sourire ironique de son maître.

— Pas précisément, dit-il; mais j'insistais sur ces périls, afin de bien faire comprendre à monseigneur que son bouffon pourrait mériter quelques égards.

— N'est-ce que cela? Mais j'en ai pour toi des égards.

— La meilleure preuve, c'est que monseigneur double mes gages.

— Ai-je dit encore un mot de cela?

— Parfaitement.

— C'est différent, et c'est chose entendue.

— Comme monseigneur est amoureux!

— Ceci n'est pas ton affaire.

— Malheureusement : l'amour et moi n'avons jamais sympathisé.

— Pardieu! s'écria le duc en riant et qui, décidément, était de bonne humeur, de quelque côté que tu te retournes, tu lui fais peur.

— Vous m'en voyez désolé.

— Et moi aussi; mais il ne s'agit pas de toi. La nature t'a fait laid et disgracieux, c'est grand dommage; c'est à toi de réparer cela par l'intelligence.

— Oh! pour cela, monseigneur.

— Si j'ai doublé tes gages et le don que je t'avais promis, si tu me rends ma belle, peux-tu, à ton tour, me jurer de me la rendre.

— Je vous le jure, monseigneur.

Le duc fit un mouvement, et un éclair de satisfaction brilla dans son regard.

— Tu me le jures, dis-tu?

— Oui, monseigneur.

— Et quand?

— Demain.

Le duc, étonné, regarda son bouffon.

— Tu ne te moques pas de moi?

— Oh! monseigneur.

— C'est que, tu sais, il t'arrive quelquefois de prendre ton rôle de bouffon au sérieux.

— Pas avec vous, monseigneur.

— Et tu fais bien.

— Monseigneur, sur certains chapitres, ne comprend pas la plaisanterie.

— En effet.

— Et il peut être assuré...

— Trêve de protestations; tu as dit demain, est-ce demain?

— Oui, monseigneur.

— Demain, je reverrai Annaïk?

— Si je réussis.

— Mais il faut réussir.

— Je l'espère.

— Et quel est ton moyen?

— Mon moyen est aussi un secret.

Le duc haussa les épaules.

— Tu ne sais pas seulement où elle est, dit-il.

— Si je le savais, monseigneur, je n'aurais pas beaucoup de mérite.

— Il ne s'agit pas de ton mérite, mais, encore une fois, de réussir.

— Eh bien, quelque chose me dit que je réussirai.

— Et quelle est cette chose?

— L'offre généreuse de monseigneur.

— Coquin.

— Tout le monde n'a pas le moyen d'être honnête homme.

— Je m'en aperçois.

— Et je vous jure bien que j'ai toujours fait mes plus grands efforts pour le devenir, mais vraiment, ce n'est pas facile..... Il ne faut pas non plus faire rougir ceux qui sont au-dessus de nous, ce serait d'un mauvais précédent.

Le duc, préoccupé de la pensée de revoir la belle Annaïk, n'entendit même pas les dernières paroles de son bouffon, et le congédiant sans trop de façons.

— Va, lui dit-il, et ne reparais devant moi qu'avec Annaïk au bras, ou sinon.

— Monseigneur!

— Eh! mon Dieu, je te chasse, voilà tout.

— Tout simplement.

— Simplement, non. Car ce ne sera pas avant de t'avoir fait bâtonner quelque peu, pour t'apprendre à te moquer d'un gentilhomme.

Yvonnic se courba jusqu'à terre, moitié sérieux, moitié raillant.

— Je reviens à la première proposition de monseigneur, dit-il.

— Libre à toi.

Il s'éloigna, assurant de nouveau le duc d'Amboise de sa fidélité et de la bonté de son projet, puis, à peine fut-il hors de sa portée, qu'il se fit cette réflexion.

« Voilà un homme pour lequel j'ai risqué vingt fois de me faire tuer pour servir ses caprices et ses faiblesses; je le fais rire quand il est triste, quand il a l'âme noire, je dissipe les nuages qui obscurcissent sa vue et je lui montre l'horizon rose; je m'annule pour lui, je cesse d'être un homme et je deviens sa chose. Eh bien! ma récompense, la voilà, cet homme, par passe-temps, car il viderait un verre de vin de Chypre, comme il bâillerait, me ferait bâtonner comme il le dit.

« Être à la charge des grands, c'est s'atteler pour la vie au char de la démence et de l'ingratitude. »

Il devenait philosophe, Yvonnic.

C'était un grand malheur qu'il avait à son appoint tous les

défauts qu'il reprochait à ceux qu'il servait, il avait tous ceux-là, et bien plus encore : s'il avait ceux du maître, il avait en plus ceux du valet.

Au moment où le bouffon s'éloignait, le duc d'Amboise recevait une visite.

Celle-ci lui était plus agréable que celle du bouffon, aussi fit-il quelques efforts pour se montrer aimable et souriant.

C'était Pergolette.

— Qui me vaut cette attention délicate de me venir voir, demanda-t-il?

— Je pourrais vous dire que c'est que je vous aime, répondit Pergolette.

— Eh bien?

— Mais je ne le dirai pas.

— C'est à tort, si c'est la vérité; il ne faut jamais hésiter à remplir un cœur de joie.

— Et si c'est faux?

— Eh bien, fit-il en riant, alors même que c'est faux, rien ne fait plaisir comme se croire aimé, — et souvent le croire suffit.

— Je viens pour une autre cause.

— Et laquelle? chère toute belle.

— Je viens en solliciteuse.

— Vous!

— Oui, je viens me jeter à vos pieds.

— Mais c'est moi, ma toute belle, qui voudrais être aux vôtres.

— Je sais que vous êtes fort galant et je vois qu'aujourd'hui vous êtes loin de démentir votre réputation.

— C'est votre faute, séduisante sirène.

— Suis-je bien une sirène? fit-elle en riant.

— Je l'ai toujours pensé.

— Il en est une autre cependant qui vous occupe davantage.

— Est-ce une scène de jalousie que tu viens me faire, adorable Aspasie?

— Non; je vous rappelle un nom, voilà tout.

— Oui, c'est vrai, celui d'un enfant qui ne m'a jamais rien été et qui ne m'est rien, mais que j'aime.

— Et que vous cherchez?

— Si je le cherche!... Dis que je donnerais Paris et son fleuve, Paris et ses trésors pour retrouver la trace de la belle et divine Annaïk.

— Vous l'aimez tant que cela?

— Écoute-moi, et vois si je l'aime.

Il se rapprocha de Pergolette, lui prit la main et la fit asseoir à son côté.

— J'ai beaucoup aimé de femmes, dit-il, et toutes, je le jure, avaient des qualités qui les distinguaient entre toutes les autres; eh bien, je les renierais toutes, je les oublierais pour un regard d'Annaïk.

— Eh bien, écoutez-moi, dit Pergolette regardant fixement le duc dans les yeux, vous aimez, vous savez ce que c'est, eh bien, moi aussi j'aime; voulez-vous faire quelque chose pour moi?

— Certes.

— Vous devinez ce que je souffre?

— Si tu aimes sans espoir, oui.

— Eh bien, montrez-vous généreux.

— Je ne demande pas mieux.

— Accordez-moi la grâce de celui que j'aime.

— Est-ce donc en mon pouvoir ce que tu me demandes?

— Oui.

— J'en doute.

— Je vous l'affirme.

— Alors, belle Pergolette, c'est d'avance accordé.

— Donnez-moi un laisser-passer pour Tanneguy.

Le duc fit un bond.

— Jamais ! s'écria-t-il.

— Vous voyez bien, fit Pergolette avec douleur.

— Un misérable qui en veut à ma vie.

— Je réponds désormais de lui.

— Je n'en réponds pas, moi.

— Il abandonnera son projet de vengeance.

— Non, non, je n'y crois pas.

Pergolette se jeta aux genoux du duc.

— Jamais ! fit celui-ci.

Elle supplia, pleura, sanglota ; le duc fut inflexible.

Alors, elle se releva pâle, sombre, farouche.

— Ce que je vais faire est mal, dit-elle, mais sa liberté est à ce prix et je ne veux pas qu'on le tue.

Elle se pencha à l'oreille du duc.

Celui-ci pâlit.

— Tu aurais le moyen de faire cela ? dit-il.

— Oui.

— Et tu le ferais ?

— Je le ferais.

— Quand ?

— Aujourd'hui.

Elle se reprit.

— Non, mais demain.

— Eh bien, si tu fais cela, je te délivre le laisser-passer que tu sollicitais tout à l'heure.

— Aussi est-ce à cette condition.

— Eh bien, marché convenu.

— Exécutez-vous.

— Mais...

— Vous avez ma parole.

— Tu sais donc où elle est.

— Elle est où j'ai voulu qu'elle fût.

— Comment, c'était toi ?

— Demain vous saurez où elle sera.

— Eh bien, tiens, j'ai confiance en toi, dit le duc rayonnant... Mais ne me trompe pas, malheureuse.

— Je sais à quoi je m'exposerais.

Le duc prit un parchemin, y traça quelques lignes et le remit à Pergolette.

— Avec cela, dit-il, toutes les portes s'ouvriront pour toi.

— Et pour lui ?

— Pour lui comme pour toi.

Elle s'empara vivement du parchemin et s'éloigna.

Elle était pâle, bouleversée, elle emportait la liberté de celui qu'elle aimait, mais elle emportait aussi le souvenir d'une mauvaise action et une dette infâme dont l'échéance était fixée au lendemain.

XX

LA DÉLIVRANCE DE TANNEGUY

Le jour même, Pergolette mettait à profit le laisser-passer qu'elle avait acheté du duc d'Amboise, et, après avoir fait partir Annaïk en lieu sûr, dans une propriété à elle, et l'avoir recommandée à Marton, dans laquelle elle avait toute confiance, elle montait en voiture et prenait le chemin de la Bastille.

Mais, remontons de quelque temps dans notre récit et voyons ce qu'était devenu le malheureux dans ce tombeau anticipé qu'on nommait la Bastille.

Le château-fort de la Bastille s'éleva, en 1369, pour protéger, contre les incursions des troupes des ducs de Bourgogne, la demeure royale de Charles V, et, après quatre siècles, pendant lesquels chaque roi ajouta à la force de la citadelle, elle fut trop faible pour protéger la royauté, et la Bastille, conquise par les armes, croula sous la pioche et le marteau du vainqueur.

Huit tours rondes, reliées par d'épais massifs de pierre, formaient l'enceinte de la Bastille.

Le château était entouré d'un fossé large d'environ cent-vingt pieds ; il n'y avait d'eau dedans que lors des grands débordements de la Seine et après les pluies abondantes. Ce fossé était entouré d'un mur de soixante pieds d'élévation, contre lequel était attachée une galerie de bois à rampe, laquelle régnait dans tout le contour du fossé, à l'opposite du château ; on l'appelait les rondes. Deux escaliers, placés à droite et à gauche, en face du grand corps de garde conduisaient à ces rondes, des sentinelles y étaient placées ; elles se promenaient sans cesse, examinant si les prisonniers faisaient quelque tentative.

Le jour et la nuit, une sentinelle intérieure du château sonnait une cloche à toutes les heures pour avertir qu'elle veillait. Outre cette cloche, la nuit on en sonnait une autre sur les rondes à tous les quarts d'heure.

Le gouvernement de la Bastille consistait en un gouverneur, un lieutenant du roi, un major, un aide major, un chirurgien, une maîtresse sage-femme. La garnison était composée de cent hommes, commandés par deux capitaines, un lieutenant et des sergents.

Le lieutenant général de police de Paris était le subdélégué du ministre au département de la Bastille ; il y avait sous lui un commissaire en titre nommé le gouverneur de la Bastille.

En arrivant à la Bastille, chaque prisonnier était inventorié ; on examinait ses malles, son linge, habits, poches, pour voir s'il n'y avait pas de papiers relatifs à sa détention.

« Le nouveau venu, dit Linguet, est aussi surpris qu'effrayé de se trouver livré aux recherches, aux tâtonnements de quatre hommes dont l'apparence semble démentir les fonctions de quatre hommes décorés d'un uniforme qui autorise à en attendre des égards et d'un signe d'honneur qui suppose un service sans tache. Ils lui enlèvent son argent, de peur qu'il ne corrompe quelqu'un d'entre eux, ses bijoux, par la même considération, ses papiers, de peur qu'il n'y trouve une ressource contre l'ennui auquel on veut le vouer, ses ciseaux, couteaux, de peur qu'il ne se coupe la gorge ou qu'il n'assassine ses geôliers.

Le malheureux Tanneguy, à son entrée dans cet antre de désolation, était tombé dans un morne désespoir.

Qu'allait-il devenir ?

Qu'allait-on faire de lui ?

Si encore il pouvait correspondre avec quelqu'un du dehors.

Voir Annaïk...

Ne fût-ce qu'une heure, une seconde, être certain qu'elle ne fût pas dans les mains du misérable qui lui ravissait sa liberté.

Un monde de pensées l'agitait.

A la prostration avaient succédé la colère et la rage.

Mais nul moyen de lutter.

Il était prisonnier, prisonnier d'Etat peut-être.

Les prisonniers ne recevaient jamais aucune visite.

Pour obtenir cette faveur, nous disent les auteurs de l'*Histoire de la Bastille*, il fallait la demander avec instance et persévérance ; et que des amis puissants la sollicitaient au dehors.

Les prisonniers restaient sous les verrous pendant tout le temps qu'ils passaient dans leur chambre, la porte s'ouvrant seulement aux heures de la messe, des promenades et des visites.

Pour visiter un prisonnier, il fallait avoir la permission du lieutenant de police.

Ces visites étaient toujours reçues en présence des officiers ou porte-clefs.

Le visitant était d'un côté de la chambre, le visité à l'autre, et l'officier porte-clefs écoutait au milieu.

C'était la règle invariable.

Il n'était jamais permis de parler des motifs de la détention du prisonnier, ni de tout ce qui pouvait y avoir quelque rapport.

Un prisonnier pouvait être interrogé à son entrée à la Bastille.

Mais souvent il ne l'était qu'au bout de plusieurs semaines, et souvent encore de plusieurs mois.

Quelquefois, il ne l'était jamais, et, comme Poultier d'Elmotte, il eût pu dire :

> Monsieur, la Bastille est pour moi
> Comme un fauteuil chez les Quarante ;
> L'on m'y conduit et l'on m'y plante.
> Mais, d'honneur, je ne sais pourquoi.

C'était absolument le cas du malheureux Tanneguy.

On ne l'avait pas interrogé.

Sans doute, on ne l'interrogerait jamais.

Il devait être de cette catégorie de prisonniers qu'on désigne comme dangereux, et qui, se rappelant la date de leur entrée dans ce tombeau, ne sauront jamais celle de leur sortie.

Tanneguy avait été jeté d'ailleurs dans la partie basse de la forteresse, comme étant à la fois un prisonnier dangereux et un personnage de peu d'importance.

La loge qui lui avait été destinée ressemblait d'ailleurs à toutes les loges situées dans les tours.

Ces loges étaient toutes pratiquées dans des tours dont les murs avaient au moins douze pieds d'épaisseur et dans le bas trente ou quarante, chacun avait un seul soupirail pratiqué dans le mur, mais traversé par trois grilles de fer, l'une au dedans, l'autre au milieu de la muraille, la troisième, en dehors. Les barreaux étaient croisés, avaient un pouce d'épaisseur, et par un raffinement du génie malfaisant qui présidait à l'œuvre administrative, la partie solide de chacune de ces étranges mailles, répondait juste au vide d'une autre, ce qui laissait à peine à la vue un passage de deux pouces, quoique les mailles en eussent à peu près quatre de large.

En hiver, ces loges étaient des glacières, en été, des poêles humides où l'on étouffait, parce que les murs étaient trop épais pour que la chaleur pût les sécher.

Les cachots, qu'il ne faut pas confondre avec les oubliettes, étaient enfoncés de dix-neuf pieds au-dessous du niveau de la cour, et de cinq pieds environ au-dessous du niveau des fossés. Ils n'avaient d'autre ouverture, qu'une étroite barbacane donnant sur le même fossé. Le malheureux habitant d'un de ces lieux horribles, privé d'air et de la clarté du jour, plongé dans une atmosphère infecte et humide, au milieu d'un limon où pullulaient les crapauds, entouré de rats et d'araignées, ne pouvait vivre longtemps dans un pareil séjour.

Quelquefois, grâce à certaines influences, le prisonnier avait un local plus sain et souvent même habitait en commun d'autres prisonniers.

Mais ce privilége était très-difficile à obtenir, et Tanneguy était seul, absolument seul.

Depuis qu'il avait franchi le seuil de la forteresse, il n'avait entendu prononcer une parole.

Outre ses gardiens, il n'avait non plus rencontré un visage humain.

Le premier visage qui devait lui apparaître, devait être celui d'un fantôme.

Il se promenait dans l'espèce de préau qui lui était réservé, petit espace sombre, étroit et sans soleil.

Nonchalamment, il regardait autour de lui, et tant le besoin avide de voir appartient à la nature humaine, il cherchait, d'un regard vague et éteint, quelque chose qui ne fût pas ces éternels murs noirs et humides.

Mais rien...

Tout d'un coup, il entendit une grille s'ouvrir et une voix d'homme.

Il tourna la tête.

C'était la voix du gardien, voix rude, sévère, impérieuse et implacable.

Il se détourna et ne pensa plus à cet incident si naturel.

Mais il n'était pas terminé, car bientôt il entendit un pas lourd et une autre voix.

— Laissez-moi, disait cette voix, qui faisait peine à entendre, tant elle était faible et lamentable.

— Sortez, vous dis-je, répétait celle si différente, et qui ne pouvait appartenir qu'à un gardien.

— Non.

— Vous sortirez.

— Je suis bien dans mon cachot.

— Tu veux donc mourir.

— Oui.

— Ta vie, misérable ne t'appartient pas.

— Et à qui est-elle donc?

— Au roi.

— Ma vie au roi... sait-il seulement que j'existe, votre roi.

— Il a le nom de tous les prisonniers de la forteresse.

— Alors, s'il sait que j'existe, dit la voix du prisonnier, il est bien coupable de me laisser ici ; car il doit savoir aussi que je n'ai jamais mérité qu'on m'enlève à mes enfants et qu'on me fasse mourir ici si misérablement.

Tanneguy s'était arrêté et avait prêté l'oreille à ce colloque.

Il avait lieu derrière la muraille.

— Cette voix, cette voix, répétait-il; mais où donc l'ai-je entendue? Je la connais.

Et il essaya d'entendre encore.

Mais son oreille ne put alors percevoir que des sons inarticulés et des paroles étranges.

Peut-être, l'homme était-il fou ?

Toujours est-il qu'on le maltraitait et qu'on le forçait à sortir malgré lui.

Tanneguy comprit alors qu'on allait jusqu'à battre le malheureux.

Sans le connaître, sa rage s'en accrut.

Il maudit les geôliers, les bourreaux, les soldats, toute cette race de serviteurs attachés à la parole du maître.

Mais, le prisonnier marchait; il entendait, derrière la muraille, son pas lourd et pénible; il entendait sa respiration haletante et comme des mots entrecoupés qui s'échappaient de ses lèvres.

Et toujours cette voix résonnait à son oreille et lui rappelait les échos du passé.

Il ne put y tenir davantage et se demanda comment il lui serait possible d'apercevoir son compagnon d'infortune.

Il y avait aux quatre angles des murs du préau, à cinq pieds de hauteur, un vide rempli par une grille. Ce jour, ménagé avec art, permettait à un seul gardien de pouvoir plonger d'un seul coup d'œil dans tout le préau presque simultanément.

C'était aussi la seule éclaircie par laquelle il fût possible à ce prisonnier, se promenant dans un de ces préaux, d'apercevoir un coin du préau voisin.

Tanneguy vit cette grille et devina aussitôt le parti qu'il en pouvait tirer.

Il jeta un regard inquisiteur de loin.

Puis, s'approchant doucement, rampant plutôt, il fit un bond et escalada la muraille.

Pour lui, pour Tanneguy, c'était un jeu d'enfant.

En une seconde, moins de temps qu'il n'en faut pour l'écrire, il était au haut du mur.

Il se cramponnait aux barreaux de la grille.

Il plongeait un œil hagard sur le préau, cherchant à distinguer la silhouette du prisonnier.

Celui-ci était alors à l'autre bout du préau et Tanneguy ne pouvait l'apercevoir.

Il attendit.

Son pas lourd résonnait sur la terre ferme. Il avait une chaîne au pied qu'il traînait.

Tout d'un coup il apparaît à cinq ou six pas au plus de Tanneguy.

C'était un vieillard... pâle, déguenillé, décharné.

Une ombre...

Un fantôme sortant du tombeau.

A cette vue, Tanneguy poussa un cri terrible et ses doigts crispés se tordirent aux barreaux de la grille.

Il fit un signe énergique au malheureux.

Il multiplia ses efforts, s'ensanglantait les doigts pour briser les fatals barreaux.

Mais sa main meurtrie et ses ongles déchirés n'entamèrent pas le fer.

Il les secoua encore dans une suprême énergie, mais retomba sans force et épuisé par cette lutte impuissante.

Il se releva.

Il voulut tenter de nouveaux efforts.

Il se lança de nouveau et se cramponna.

— Mon père, mon père, s'écria-t-il.

Mais les gardiens accouraient et se jetaient sur lui.

Ils étaient deux, il les bouscula et les renversa tous les deux.

Un troisième et puis un quatrième accoururent et se joignirent aux premiers qui se relevèrent.

Ce fut une lutte terrible et acharnée.

Tanneguy, malgré sa force, devait succomber.

On lui mit des fers aux pieds et on l'emporta.

Il était alors évanoui et n'avait plus conscience de ce qui se passait autour de lui.

Dans la nuit qui suivit, il revint de cet évanouissement et songea avec terreur à l'apparition de la veille, il songea aussi au sort qui allait lui être réservé après sa révolte et son insubordination.

C'était la mort sans doute.

Il était plongé dans ces horribles pensées quand la porte de son cachot s'ouvrit et qu'un geôlier se présenta devant lui.

— Vous êtes libre, lui dit cet homme.

Tanneguy crut avoir mal entendu et il fit répéter le geôlier à deux reprises différentes, puis sa joie fut si grande, ou plutôt son émotion si forte, qu'il retomba en état de faiblesse.

Ses yeux se fermèrent, il ne vit plus rien, il fallut l'emmener, le porter pour le rendre à la liberté.

La Pergolette l'attendait.

Elle le fit placer au fond de la voiture qui l'avait amené, sur des coussins moelleux et l'emporta frémissante de joie et de crainte.

La voiture partit et elle le regarda.

On eût pu dire qu'elle le contempla.

Tanneguy était beau... on sentait sous cette enveloppe éclatante de force, de vertu et de jeunesse, une nature que l'air pur des grèves avait vivifiée, un esprit que l'harmonie des grandes solitudes avait développé...

Ses cheveux tombaient à profusion de chaque côté de ses tempes, et une belle pâleur couvrait son visage...

Ce n'était point cette beauté de convention que la Pergolette avait admirée dans les salons des sociétés parisiennes; ce n'était ni l'élégance surannée du duc de Richelieu, ni l'allure distinguée du duc de Lauzun, ni l'afféterie des petits maîtres, ni l'insolente supériorité des grands seigneurs... C'était la belle virginité des gars de campagne qui se révèle dans tous les détails de la physionomie; dans l'opulence des cheveux, dans la ligne vigoureuse des principaux traits du visage, dans l'altière pureté du front surtout...

Tanneguy était beau!...

Et en admirant cette resplendissante nature que l'attouchement d'une civilisation monstrueuse n'avait point encore souillée, la Pergolette comprit quelle distance la séparait de cet homme!...

Pour la première fois peut-être elle regretta amèrement la vie qu'elle avait menée; les joies naïves de son jeune âge; la pure sérénité de son cœur; sa chasteté perdue...

Un moment même, une larme tomba lentement de sa paupière... et elle la laissa couler le long de sa joue, sans songer à l'effacer...

Douce larme... larme sainte... premier regret... premier remords peut-être!...

La Pergolette était à cet âge où une réhabilitation est encore possible : le culte de la volupté n'avait pas éteint en elle toute sensation noble, et il y avait encore dans son cœur assez de jeunesse, dans son esprit assez de sensibilité, pour qu'elle pût revenir, par les sentiers arides du repentir, à cette pureté native qu'elle avait follement jetée au vent des plaisirs mondains.

L'amour, l'amour qui élève et qui purifie, pouvait encore venir la consoler, mais elle craignait que le souvenir de son passé n'éloignât fatalement d'elle le seul homme qu'elle pût aimer désormais!...

Son regard, imprégné d'une mélancolie douce et triste, ne quittait pas Tanneguy; elle cherchait à oublier le passé et l'avenir, pour ne songer qu'au présent et sentait par moments son cœur tressaillir et vibrer, comme au contact de sensations inconnues.

Enfin, le paysan sortit de son évanouissement et ouvrit les yeux.

C'était pour Pergolette un moment critique, et qui avait son danger... L'espèce de répugnance qu'il avait manifestée lors de sa dernière entrevue, était encore présente à la mémoire de la courtisane, et elle attendait avec une anxiété poignante l'instant où son regard rencontrerait le sien, pour voir quel sentiment viendrait s'y refléter.

D'abord, Tanneguy parut ne se rappeler que confusément ce qui lui était arrivé!... Il passa à plusieurs reprises sa main dans ses cheveux et sur son front, et ce ne fut que lorsqu'il sentit sa main humide de sang, quand il pressa de son doigt tremblant la cicatrice qu'il s'était faite en tombant, que le souvenir de la Bastille lui revint, et qu'il se rappela la scène terrible à la suite de laquelle il s'était évanoui.

Il se retrouvait dans un carrosse élégant, dont les chevaux brûlaient le pavé, et en tête-à-tête avec une femme... Son regard, ébloui encore, s'habitua peu à peu à la clarté du jour, et après quelques secondes d'attention, il reconnut la Pergolette.

Le spectre de son père qu'il avait entrevu un instant à la Bastille disparut alors, l'image de sa sœur bien-aimée s'enfuit, et une émotion étrange, poignante et douce à la fois, terrible et consolante en même temps, pénétra son cœur attéré!...

La Pergolette.

Cette femme, dont la pensée l'avait suivi jusqu'au fond de la redoutable prison... cette femme, dont le souvenir s'était trouvé mêlé à ses souvenirs les plus sacrés, il la revoyait maintenant qu'il était libre, et c'était peut-être elle à qui il devait sa liberté!...

Sa liberté!

Ah! il fait bon d'avoir les mains sans entraves, de respirer l'air à pleine poitrine, de ne plus sentir peser sur ses épaules les murs étouffants d'une étroite prison...

Il était bien libre, en effet!...

Le bruit monotone des corridors, la voix rauque et brutale des guichetiers, tout cela avait fui derrière la voiture qui l'emportait; l'horizon s'était élargi tout d'un coup; et maintenant, c'était l'espace qu'il avait devant lui, l'espace avec

Où allaient-ils ainsi mystérieusement unis dans le silence? (P. 29, col. 1.)

ses bruits harmonieux, les plaines jaunes, les prairies vertes, les arbustes pleins de feuilles et d'oiseaux bavards, les bois noyés d'âpres parfums !...

Un instant même, et comme, grâce aux accidents bizarres du terrain, les riantes couleurs du paysage s'étaient effacées et qu'il n'apercevait plus au loin que les lignes tourmentées d'un horizon nu et découvert, il se crut transporté sur les côtes de sa mélancolique patrie... C'était la même monotonie de teintes, le même arrangement pittoresque, la même beauté triste! il eut un serrement de cœur. . Quelques jours à peine s'étaient écoulés depuis qu'il avait quitté les côtes de Bretagne... et cependant, combien il avait déjà vécu en ces quelques jours... A quels spectacles il avait assisté... quel dégoût profond il avait retiré de ce rapide séjour au sein de cette nouvelle Sodome !... Il passa convulsivement sa main dans ses cheveux pour chasser une pensée importune et tourna son regard vers la Pergolette !...

C'est là que l'attendait cette dernière ; mais si elle avait encore conservé quelques appréhensions à ce sujet, elles auraient disparu entièrement devant l'attitude de Tanneguy.

Le jeune paysan, après une seconde d'hésitation, due exclusivement à l'émotion qu'il ressentait lui-même, sourit à la courtisane, lui tendit la main et baisa avec effusion celle qu'elle lui abandonna.

La Pergolette n'en attendait pas tant... elle croisa ses deux bras sur sa poitrine, comme si elle eût voulu en comprimer les battements, et, laissant bientôt retomber sa tête dans ses deux mains, elle se rejeta dans le fond de la voiture ; elle fondit en larmes.

Quelques instants après, la voiture entrait dans une magnifique maison de campagne, devant le perron de laquelle elle s'arrêta...

Une chambre avait été préparée pour Tanneguy, la Pergolette l'y fit conduire, et courut elle-même s'enfermer dans son boudoir où Marton la suivit.

Dès qu'elles furent entrées et que Marton eût examiné si les portes étaient bien closes, la Pergolette se débarrassa vivement des vêtements de voyage qui la couvraient, et alla se jeter plus morte que vive sur un sopha où elle se prit à sangloter et à fondre en larmes. Marton se retourna étonnée et courut s'agenouiller auprès d'elle.

— Qu'avez-vous, dit-elle, d'un ton qui ne devait laisser aucun doute sur la sincérité de ses sentiments, et pourquoi pleurer quand au contraire vous devriez être si heureuse d'être délivrée du vieux duc.

— O pauvre Marton !... répondit Pergolette à travers ses larmes, plains-moi plutôt, plains-moi... car je suis bien malheureuse.

Sceaux. — Typ. et stér. M. et P.-E. Charaire.

Le duc, étonné, regarda son bouffon. (P. 44, col. 1.)

— Que vous est-il donc arrivé ?...

— Personne n'est venu au château ?... demmanda vivement la courtisane en pâlissant.

— Personne.

— Ni Yvonnic, ni M. Crampton.

— Ni l'un, ni l'autre.

— Alors on ignore ici ce qui se passe chez le duc.

— Et pourquoi nous en occuperions-nous ?...

— C'est que j'ai bien peur, Marton... peur du duc... puis d'Yvonnic, de M. Crampton, de moi-même...

— Et qui peut vous causer tant de frayeur ?

— Oh ! ils tueront Tanneguy, vois-tu, ils le tueront, le duc me l'a dit, Yvonnic m'en a menacée ; et s'ils ne le tuent pas, lui, ils déshonoreront sa sœur.

— Oh! quant à cela, repartit Marton en remuant la tête d'un air incrédule, madame me permettra d'en douter.

— Comment?...

— Annaïk était encore ce matin dans la retraite où vous l'aviez cachée.

— Elle y était!... interrompit Pergolette avec un mouvement d'effroi.

— Sans doute...

— Elle est perdue alors...

— Mais, au contraire, puisque tout le monde ignore le lieu où nous l'avons conduite ; puisque Yvonnic n'a pu le découvrir; puisque le lieutenant de police lui-même, en la personne de M. Crampton, s'est vu obligé de cesser ses recherches... Voyons, ma bonne maîtresse, ne tremblez point ainsi, ne pleurez pas de la sorte; reprenez votre énergie et votre courage ; songez, songez surtout que Tanneguy est là, et que, dans quelques heures, son amour vous dédommagera amplement de toutes les terreurs qu'il vous a inspirées !...

Mais pendant que Marton parlait, Pergolette s'abandonnait au désordre et au plus violent désespoir ; elle se frappait la poitrine, prononçait des paroles sans suite et regardait Marton à travers ses larmes, sans l'écouter et sans la comprendre.

Marton put croire un moment qu'elle allait devenir folle !

— Oui, il m'aime! s'écria enfin la Pergolette en mordant les longues tresses de ses cheveux dénoués, oui... j'en suis certaine maintenant... Je l'ai bien vu dans son regard... dans son sourire, dans la douceur et la bonté de sa voix... Il m'aime!... Je l'ai deviné au tremblement de sa main quand il pressait la mienne, au tressaillement de tout mon être quand son regard s'abaissait sur mon front!... Vois-tu, Marton, c'est de l'amour, cela; et l'on donnerait sa vie jour à jour, joie à joie, pour éprouver, une seconde seulement, ce bonheur sans pareil que j'ai ressenti quand il m'a souri pour la première fois... Ah ! il est bon... noble... généreux... il a toutes les grandeurs et toutes les beautés!... Il comprendra, n'est-ce pas, que mon amour me brûlait le cœur, que je ne pouvais vivre ainsi, que j'y ai été poussée fatalement; d'ailleurs, c'était le seul moyen, et je ne voulais pas, moi, qu'il mourût comme tant d'autres, solitaire et désespéré, dans les sombres cachots de la Bastille. Ah! si tu savais...

— Mais que s'est-il donc passé?... demanda Marton, dont la curiosité était loin d'être satisfaite par ces phrases coupées qui ne disaient rien et laissaient tout à deviner.

— Une chose atroce, répondit Pergolette en se levant.

— Mais Annaïk est libre...

— Et si elle ne l'était plus!...

— Que dites-vous?

— Si j'avais vendu sa liberté et son honneur pour la liberté et la vie de Tanneguy, si j'avais fait un marché infâme, si j'avais honteusement trahi la confiance de cette pauvre enfant et que je l'eusse livrée au duc?

— Ce serait horrible!...

— Ah! si tu me condamnes, toi, fit la Pergolette en croisant ses mains, il me maudira, lui!...

Et, en parlant ainsi, elle se laissa tomber sur le sopha, et s'abandonna de nouveau aux larmes et aux sanglots.

XXI

Le lendemain soir, une scène singulière se passait dans le parc même de la maison de campagne de la Pergolette.

Dix heures venaient de sonner; la nuit s'était faite de toutes parts, et la lune, doucement voilée, commençait à monter à l'horizon.

Le parc de la Pergolette était spacieux et planté d'arbres de haute futaie, ce qui faisait presque une forêt. La garde en était habituellement confiée à un honnête braconnier des environs, qui n'apportait pas un grand zèle dans l'exercice de ses fonctions, et ne faisait sa ronde que lorsque ses maîtres venaient par hasard séjourner au château. Ce jour-là, malheureusement, Pergolette n'avait prévenu personne de son arrivée, de sorte que le braconnier était à se griser dans quelque cabaret du village voisin, tandis que le parc demeurait confié à la garde de Dieu.

Mais Dieu garde assez mal les choses qu'on lui confie; la scène que nous avons à raconter est là pour l'attester.

Donc, dix heures venaient de sonner : il y avait peu de monde au château, et le parc était parfaitement désert. De temps en temps seulement, on voyait passer, à travers les corridors, quelques domestiques affairés, qui tous montaient au premier étage ou en descendaient.

Au premier étage, il y avait une petite chambre splendidement éclairée, dont les fenêtres étaient ouvertes et d'où l'on entendait, de temps à autre, s'échapper des bruits semblables au cliquetis des verres et des vaisselles.

En ce moment, trois hommes pénétrèrent dans le parc.

Il y avait deux entrées au parc, outre l'entrée principale.

Les trois hommes venaient de s'y introduire par l'entrée de droite; du reste, bien que leur démarche ne parût pas être de celles que l'on fait d'ordinaire en plein jour, cependant aucune hésitation ne se manifestait dans leur allure, et une fois entrés ils poursuivirent leur marche sans s'arrêter.

Devant eux marchait Yvonnic, notre vieille connaissance.

Il y a des hommes qui sont assurément de la nature du chat et dont les ténèbres semblent doubler l'adresse et l'agilité.

Yvonnic était de ces hommes...

Dès qu'il eut mis le pied dans les sentiers du parc, bien qu'il y entrât pour la première fois, comme les deux hommes qui le suivaient, son regard perçant sut découvrir, sans la chercher, la route qui devait le mener au but, et on eût pu croire que le lieu lui était familier.

Ils marchèrent ainsi pendant quelques minutes, et arrivèrent bientôt dans une sorte de grotte artificielle située à quelques pas seulement du château.

— C'est ici, dit alors Yvonnic à ses hommes; prenons nos places et observons...

— Que faut-il faire? dit un des hommes.

— Il faut attendre.

— Ce sera donc long?

— Peut-être...

— Alors on peut s'asseoir?

— Et dormir si le cœur vous en dit, acheva Yvonnic avec un petit ricanement.

L'un des hommes s'assit; l'autre resta debout. Après un moment de silence, il se rapprocha du petit bossu.

— Attendre, dit-il d'une voix brusque et rauque, c'est bien, puisqu'il est convenu que nous serons payés à tant par heure... mais quand on a l'amour de son métier, et qu'on tient à faire proprement les choses, encore est-on bien aise de savoir...

— Tu es plus curieux que ton compagnon, objecta Yvonnic.

— C'est possible.

— Et ce n'est pas prudent...

— Qu'est-ce que ça me fait!

— Voyons, tiens-tu à l'argent?

— Beaucoup.

— Et à ton âme?...

— Fort peu.

— Alors tu ne reculeras pas devant un homme?

— Je n'ai jamais reculé...

— Même s'il faut le tuer.

— Il faudra qu'il y mette bien de la mauvaise volonté.

— Eh bien! sois tranquille, dit le bossu avec son éternel ricanement, avant deux heures je te donnerai de la besogne sérieuse.

— Ils sont donc plusieurs?... fit l'homme en regardant curieusement le château.

— Non... il n'y a qu'un homme, mais il est jeune, fort, courageux, et il en a abattu de plus solides et de plus robustes que toi...

— Bah... fit l'interlocuteur d'Yvonnic, en jouant avec un énorme poignard, dont il promenait complaisamment la pointe sur l'ongle de son pouce.

Yvonnic lui frappa sur l'épaule et lui montra du doigt les deux fenêtres ouvertes du château.

— Tu vois cette chambre, dit-il d'une voix sèche et brève.

— Parfaitement.

— Tout à l'heure, il sera impossible d'y pénétrer, car la porte de l'escalier sera fermée...

— Qu'importe, si les fenêtres sont ouvertes.

— A merveille... les fenêtres sont ouvertes.

— Quand elles ne le seraient pas, ce serait la même chose.

— De mieux en mieux... dans quelques heures, les lumières de cet appartement seront éteintes, les domestiques se seront retirés, tout dormira au château...

— Un bon moment, quand tout le monde dort.

— Oui... tu pénétreras par la fenêtre dans cette chambre que je t'indique.

— Et j'y trouverai un homme.

— Tu y trouveras une femme.

— Ah! c'est mieux, j'aime la distraction... est-elle jeune, au moins?...

— Dix-sept ans...

— Et jolie?

— Charmante.

— Et peut-on l'embrasser sans nuire à la chose?

— On peut ce qu'on veut, quand on est seul et qu'on a du courage.

L'homme se prit à rire d'un gros rire stupide...

— Mais si elle allait crier, fit-il observer tout d'un coup, ça pourrait gâter l'affaire.

— Bah ! repartit Yvonnic, en haussant les épaules, ces femmes-là ne crient jamais quand on les embrasse.

— Bien ! bien ! dit l'homme, en reprenant son rire, ma foi, on fera ce qu'on pourra !...

— Dans cette chambre, poursuivit Yvonnic, il y a deux portes; l'une à droite, l'autre à gauche.

— Laquelle faudra-t-il prendre ?

— Celle de gauche.

— Et j'y trouverai ?...

— Un homme.

— Celui avec lequel il faut causer ?

— Précisément.

— Voilà ce que j'appelle une affaire complète. C'est à merveille, mon brave homme, et maintenant que nous nous sommes entendus, quand il faudra travailler, vous n'aurez qu'à me faire signe, et je suis à vous.

Et, en achevant de parler, il alla s'asseoir à côté de son compagnon, et s'allongea nonchalamment sur un banc de gazon.

Yvonnic le regarda un moment en souriant, et se remit bientôt à son poste d'observation.

Or, pendant que ces paroles s'échangeaient de ce côté du parc, voici ce qui se passait du côté opposé.

Par la porte gauche, trois hommes différents d'allure et d'aspect venaient de pénétrer dans le parc, non sans avoir longtemps hésité sur le chemin qu'ils devaient suivre.

De ces trois hommes, l'un était maître HORATIUS FLACCUS, le poëte, le second, VULCAIN, l'ouvrier, le troisième enfin, BURRHUS, le soldat, tous les trois appartenant à l'honorable association des *Gueux*, et nous les avons vus récemment figurer dans ce récit au cabaret borgne du Cheval-Blanc.

C'était Burrhus qui ouvrait la marche en sa qualité de chevalier sans peur et sans reproche, et son pas, qui s'appuyait ferme et assuré sur le sable de l'allée, témoignait suffisamment du courage qui animait sa grande âme. Burrhus avait pour toute arme une énorme épée à large poignée qui, pour n'être pas de Tolède, en valait cependant bien une autre. L'ouvrier venait ensuite avec deux pistolets de poche, cachés sous sa blouse, et le poëte portait à la ceinture une petite épée qui retroussait gaillardement le manteau troué qui tombait de ses épaules.

La lune s'était voilée par aventure, et maintenant l'obscurité la plus profonde régnait dans le parc. Les trois Gueux ne marchaient qu'avec une extrême difficulté, et se heurtaient à chaque instant, dans l'ombre, les uns contre les autres, ils avaient d'ailleurs perdu le château de vue et allaient ainsi au hasard, sans se douter du but vers lequel ils avançaient.

Burrhus était certainement, des trois Gueux, celui qui possédait le moins de patience ; après avoir erré de la sorte pendant un quart d'heure environ, et s'être heurté à plusieurs reprises contre les arbres du parc, dont le contact endommageait son justaucorps, il s'arrêta, frappa du pied avec colère, et laissa échapper un redoutable jurement.

— Par les cornes de mon père !... dit-il en regardant à travers l'obscurité ses deux compagnons, aussi empêchés que lui-même, il fait noir ici comme chez le diable ; je pense, sau meilleur avis, qu'il serait prudent de faire une halte et d'attendre, pour poursuivre, que la lune veuille bien passer le nez à travers un nuage.

— C'est aussi mon avis, fit l'ouvrier.

— Et aussi le mien... ajouta Horatius.

— Seulement, poursuivit maître Burrhus, comme nous sommes ici en pays ennemi, et qu'une surprise est toujours à craindre, il me semble qu'à tout hasard on pourrait sortir son épée du fourreau, et armer ses pistolets pour recevoir dignement ceux que notre présence pourrait contrarier :

— Je n'y vois pas d'obstacle, dit Horatius.

— Ni moi non plus, compléta l'ouvrier.

— Cela étant, mes maîtres, conclut le routier, apprêtons nos armes et attendons !...

Burrhus et Horatius tirèrent leur épée du fourreau, l'ouvrier arma son pistolet, et s'étant assis sur le revers de l'allée, ils attendirent.

La plus remarquable individualité du trio était certainement le poëte ; il s'était tellement façonné à la vie qu'il menait, il apportait tant d'insouciance et de laisser-aller, tant d'esprit et tant de verve dans tout ce qu'il faisait, qu'on eût vainement cherché une semblable nature ; bien que Burrhus eût toujours le verbe haut et l'allure tranchante du matamore, c'était cependant bien Horatius qui était le chef du trio et il était rare que son avis ne prévalût pas dans le conseil.

Horatius s'était assis auprès du soldat, côte à côte, et il regardait le ciel où couraient des nuages lourds et noirs.

Il était silencieux contre son habitude.

Le routier aimait particulièrement la conversation, et ce n'est qu'avec regret qu'il le voyait se renfermer dans un mutisme complet... Quand il n'avait pas près de lui un broc de vin, il fallait que Burrhus causât.

Il se retourna donc à diverses reprises vers son taciturne voisin, toussa plusieurs fois sans succès, et comme il vit que tous ces manéges ne réussissaient pas à arracher Horatius de sa rêverie intempestive, il le poussa du coude.

Horatius se réveilla comme en sursaut et regarda Burrhus.

— Qu'y a-t-il ?... demanda-t-il d'une voix effarée et en serrant instinctivement son épée dans sa main.

— Il y a que je m'ennuie, répondit Burrhus.

— Un homme qui s'ennuie est bien près d'en ennuyer un autre, repartit le poëte.

— Diable, tu n'es pas gai, toi-même.

— Il y a des jours.

— Et des nuits.

— Comme tu dis...

— Tripes de moine !... je ne t'ai jamais vu de la sorte ; est-ce que tu as des chagrins !

— Bah !...

— Une maîtresse qui te trahit ?...

— Je n'ai pas de maîtresse.

— Un créancier qui te traque...

— Et qui diable voudrait être mon créancier.

— Horatius, tu es bien près de nous trahir, mon ami.

— Pourquoi cela ?...

— Parce que tu deviens un homme sérieux.

— Allons donc !...

— Je te dis que tu tournes au philosophe....

— Non, non, mon vieil Ulysse, mais sans savoir pourquoi, ni comment, tout à l'heure, pendant que nous attendions le bon vouloir de la lune, sais-tu à quoi je pensais....

— A quoi donc ?

— A toi, Burrhus, à Vulcain, à moi-même, à nous trois, enfin.....

— Et c'est ce qui te rendait triste, sacrédieu....

— Sans doute, parce que je me disais que nous étions là, trois amis, trois frères, trois véritables bohémiens, trois *gueux*, n'ayant chacun pas un sou qui vaille !... Je me disais qu'un jour pourtant, il faudra bien que nous nous quittions, toi, par ici, lui, par là, moi d'un autre côté. Chacun par une route différente, sans savoir si nous nous rencontrerons jamais, et je pensais que cela est triste, et que la vie que Dieu nous a faite ne vaut assurément pas qu'on la désire ou qu'on la regrette : n'es-tu pas de cet avis, Burrhus ?

— Certainement.... mais je crois aussi que ce n'est pas ici ni le lieu ni l'heure de faire de pareilles réflexions...

— Et pourquoi pas...?

— Parce que voici la lune qui se dégage de l'horizon et le château dont la silhouette se dessine devant nous.... D'ailleurs, qu'avons-nous à nous occuper tant des autres ajouta le vieux routier avec un geste d'insouciance, que nous importe à nous qu'il arrive ceci ou cela, que la corporation des gueux avorte ou réussisse ; ce qu'il nous faut avant tout, c'est une bonne et terrible vengeance, et voilà ce que nous devons rechercher par tous les moyens possibles. Que voulons-nous tous les trois ?

— Tuer le duc d'Amboise ! répondirent Horatius et Vulcain avec une touchante unanimité.

— Eh bien, occupons-nous de cela !.. poursuivit Burrhus. A vous, Vulcain, on a pris votre maîtresse ; à vous, Horatius, on a déshonoré votre mère, et dans votre honte vous n'avez tous les deux qu'un nom à mêler à vos malédictions, le duc d'Amboise ; eh bien... pensons donc au duc d'Amboise..... haïssons ceux qui l'aiment et le servent, servons et aimons ceux qui le haïssent ; voilà notre rôle à nous, sacrédieu ! ... et si nous faisons cela, soyez certains que le bon Dieu bénira nos actes !

— Quant à toi, maître Burrhus, fit Horatius après quelques secondes de silence, tu porteras le premier coup, cela te revient de droit.

— Comme soldat ?

— Non, comme doublement offensé.

— Pourquoi cela ? dit Burrhus.

— Le duc d'Amboise t'a enlevé ta femme et ta fille.

— Ce sont deux raisons au lieu d'une, ajouta Vulcain.

— Vous vous trompez, mes amis, ce sont deux causes de haine qui s'annulent.

— Comment ?...

— Sans doute : le duc d'Amboise, en enlevant ma femme, a presque racheté, à mes yeux, le crime qu'il avait commis en enlevant ma fille.

Horatius et Vulcain n'eurent pas le temps de rire à cette nouvelle boutade du soldat, car ce dernier achevait à peine de parler qu'un bruit singulier se fit entendre à quelques pas.

Ils se levèrent tous les trois et regardèrent.

La lune s'était dégagée des nuages qui interceptaient ses rayons, et l'on pouvait distinguer, à une certaine distance, la silhouette d'un homme qui s'avançait avec précaution. Il paraît que le bruit de la conversation de nos trois gueux était parvenu jusqu'à Yvonnic, et ce dernier se disposait à explorer les environs de la grotte.

— C'est notre bossu, dit tout bas Burrhus à Vulcain.

— Je l'ai reconnu, répondit l'ouvrier.

— Ton pistolet est armé ?

— Oui.

— Par le nombril du pape ! voilà une belle occasion de commencer le feu... ajuste et tire, mon ami, et surtout envoyez cela en plein bois.....

L'ouvrier se mit en devoir d'obéir ; il s'effaça préalablement derrière un énorme chêne, abattit le bras et coucha Yvonnic en joue.

Mais avant de poursuivre ce récit, le lecteur sera peut-être bien aise de savoir ce qui se passait au premier étage du château de la Pergolette.

XXII

C'était le boudoir de la jeune courtisane.....

Un boudoir où toutes les fantaisies, les caprices du luxe, où toutes les prodigalités de la richesse se trouvaient réunies.

De beaux meubles incrustés d'or et d'argent, de somptueuses tentures, de splendides tableaux de Boucher ou de Vanloo, d'énormes vases en porcelaine de Sèvres, tout ce qui enfin constituait le luxe exhorbitant de cette époque.

La Pergolette était seule dans son boudoir, et son regard allait, vague et distrait, de la table magnifiquement servie, qui occupait le milieu de la chambre, aux tableaux ravissants qui en ornaient les boiseries...

La Pergolette était mise avec une simplicité charmante qui rehaussait encore sa beauté !...

Une robe blanche dessinait sa taille fine et souple et tombait en flots de mousseline transparente sur le bout de ses petits pieds, qu'on aurait pris volontiers pour des pieds d'enfant ; son col, aux lignes correctes et pures, s'élançait, fier et blanc comme un cou de cigne, de ses belles et rondes épaules, et grâce à l'échancrure savante de son corsage, on devinait plutôt qu'on ne voyait la naissance de sa gorge ravissante.....

C'était tout !...

La Pergolette était jeune, elle était gracieuse et spirituelle, elle n'avait pas besoin de cette exagération d'ornements dont les femmes galantes avaient besoin de se servir pour réparer les outrages que l'orgie faisait à leur beauté ; la Pergolette n'en était point encore là.

Son cœur, demeuré jeune et naïf, avait conservé toute la virginité prodigue de l'amour ; le premier sentiment qui l'avait prise et troublée au sortir de son enfance, heureuse et calme, n'en avait pu ternir la chaste sérénité, et malgré le milieu corrompu dans lequel elle était inopinément tombée, et qui lui avait dévoilé bien des mystères, elle avait conservé la faculté d'aimer.

Depuis la veille, Pergolette n'avait pas revu Tanneguy ; tout entière aux inquiétudes cruelles qui torturaient sa pensée, elle n'avait pas osé affronter son regard, tant elle craignait de n'y plus trouver cette sublime expression de tendresse et de bonté qui avait un moment ramené la confiance et l'espoir dans son cœur !...

La pauvre enfant avait peur ; et le souvenir de la trahison dont elle s'était rendue coupable pesait sur sa joie troublée comme un remords !...

Elle se leva et alla s'accouder à la fenêtre ouverte !...

Il faisait une soirée délicieuse..... la lune éclairait doucement le parc, et à voir les cimes vertes des arbres se balancer mollement au vent du soir, on eût cru avoir devant soi l'océan des jours calmes !...

Aussi loin que le regard pouvait porter, on apercevait les plaines coupées, çà et là, par les ruisseaux qui miroitaient à la clarté de la lune comme de longs serpents à la robe d'argent, enfin, à l'horizon se dessinaient les lignes tourmentées de hautes montagnes, qui se dressaient, à cette heure, comme les rois orgueilleux de cette vaste solitude.

Pergolette était émue.....

C'était la première fois qu'elle assistait à un pareil spectacle, et, grâce aux événements qui s'étaient passés depuis quelques jours, et au nouveau sentiment qui avait pénétré son cœur, ce tableau de la nature avait pour elle une signification.

Tout alentour était retombé dans un silence de mort ; le recueillement ineffable de toute chose, le chant mélancolique et plaintif de l'oiseau des nuits, cette harmonie triste et pleine de larmes qui s'élève des arbres que le vent du soir agite mollement, enfin cette teinte incertaine et vague qui se répandait sur chaque objet, tout cela réveillait dans son cœur un sentiment assoupi. Son imagination embrassait un autre monde : il lui semblait qu'elle allait commencer une vie nouvelle ; les idées qui l'avaient agitée durant la journée perdaient insensiblement de leur force, et l'esprit qui l'avait fuie revenait dans son cœur plus rassuré !...

Pergolette était heureuse... et son regard, d'où ses espérances mal retenues s'échappaient en vives étincelles, son regard se tournait fréquemment avec impatience vers la cheminée, sur laquelle une pendule marquait en ce moment dix heures...

C'est à cette heure qu'elle attendait Tanneguy ; elle repoussa la fenêtre, rentra dans la chambre et alla se jeter une seconde fois sur le sopha.

Le dernier coup de dix heures vibrait dans l'air quand la porte du boudoir s'ouvrit, et que Tanneguy entra...

Tanneguy s'était depuis la veille, pour ainsi dire, transformé ; cette nature vierge que le séjour de la Bastille avait un moment menacé d'éteindre, semblait s'être tout à coup relevée sous l'influence bienfaisante des soins dont la Pergolette l'avait fait entourer. Rien ne lui avait manqué depuis son arrivée au château ; ses moindres désirs étaient remplis avec une exactitude rigoureuse, il avait trouvé là, durant ces vingt-quatre heures qu'il venait d'y passer, tout ce que l'esprit et le cœur peuvent désirer.

Marton s'était empressée de conduire Tanneguy au boudoir que nous savons, et dès qu'il y fut entré, elle sortit, et laissa Tanneguy et la Pergolette seuls.

Un splendide souper était servi au milieu du boudoir ; quelques bougies brûlaient discrètement dans les lustres, répandant une molle lueur, reflétant leur lumière dorée dans les cristaux de la table ; des parfums voluptueux brûlaient sur la cheminée dans de petites cassolettes artistement sculptées ; il régnait de toutes parts un silence qui invitait doucement au repos ou à l'amour.

Tanneguy aperçut la Pergolette et marcha vers elle.

Son cœur battait à se rompre, ses oreilles bourdonnaient, une suprême ardeur se lisait sur son front et dans ses yeux.

La Pergolette venait de lui tendre la main, et un sourire éclatant illuminait sa physionomie.

— Il y a bien longtemps que je désirais vous voir, dit Tanneguy en saisissant sa main et en prenant place à ses côtés ; c'est à vous que je dois les plus doux et les plus purs sentiments que j'aie encore éprouvés depuis mon arrivée à Paris, et je craignais...

— Quels sentiments ? interrompit la Pergolette en posant son beau regard sur le front de Tanneguy.

— La reconnaissance et l'amitié, répondit ce dernier, qui porta en même temps la main de Pergolette à ses lèvres.

La Pergolette rougit ; ce n'était ni de la reconnaissance, ni de l'amitié qu'elle voulait ; mais qu'importe ; Tanneguy était à ses côtés, presque à ses pieds, et si jamais un désir ardent était éclos dans son cœur, ce désir était en ce moment bien exaucé...

— La reconnaissance, poursuivit Tanneguy en remarquant la rougeur de Pergolette, je l'ai trouvée au fond de mon cœur, le jour où vous m'avez sauvé !... Sans vous, madame, et cela est triste à dire, sans vous, j'étais perdu, ni mon courage, ni mon énergie, ni cette audace souveraine que m'inspirait la conscience de mon bon droit, rien n'aurait pu me venir en aide, j'étais perdu... et vous m'avez sauvé... Or, pour cela, je vivrais cent ans d'une existence heureuse ou misérable, que jamais votre souvenir ne sortirait de ma mémoire, et que, chaque soir, je bénirais le ciel, qui vous a, à une heure donnée, placée si inespérément sur ma route...

— Et l'amitié ? dit la Pergolette, avec un doux sourire timide et provoquant à la fois.

— L'amitié !..... répondit Tanneguy, en remuant la tête, sait-on comment elle vient au cœur de l'homme ; sais-je même, et pardonnez-moi de vous parler ainsi, sais-je si ce sentiment que j'éprouve et qui remplit mon être doit s'appeler amitié où s'il ne faudrait pas lui donner un autre nom. Je vous l'ai dit, madame, je suis né sur une terre ingrate et rude, et qui ne présente au regard que des paysages bizarres ; pauvre contrée ! elle n'a pour ses enfants que des sites nus et sauvages, dont l'aspect jette dans le cœur une âpre tristesse que l'on conserve toujours ; je connais à peine la langue que l'on parle ici et j'ignore l'art de dire autre chose que ma pensée ; eh bien, imposez-moi silence, si je vous offense, mais le jour où je vous ai vue pour la première fois, il me semble qu'un voile se déchirait devant mes yeux, que je n'avais pas encore vécu jusqu'alors, qu'enfin tout ce que j'avais fait de rêves impossibles sur les côtes solitaires de la Bretagne allait se réaliser. Vous êtes belle et jeune, votre cœur est chaste, votre front a un reflet de candeur qui l'illumine, et Dieu a mis dans votre regard une étincelle de sa divine bonté... Et tenez, j'ai une terrible mission à accomplir dans ce monde, c'est pour elle que j'ai quitté mes grèves, c'est pour elle que je suis venu me jeter dans cet enfer, et cependant, durant les longues nuits que j'ai passées entre les murs étouffants de la Bastille, c'est votre souvenir qui m'a soutenu, c'est votre image qui m'a fait espérer...

Dire ce qui se passait dans le cœur de la Pergolette pendant que Tanneguy parlait ainsi, serait impossible. Un éclat inusité rayonnait dans ses yeux, son front rougissait par instants, le feu vif d'une ardeur mal contenue colorait ses joues. On eût dit qu'elle était près de succomber sous le poids trop lourd de ce bonheur inattendu !...

Toutefois, elle se contint, elle eût voulu se suspendre vaincue aux lèvres de son amant, et pourtant elle hésitait encore tant elle trouvait de joie à savourer une à une les paroles de Tanneguy !...

Elle se contenta donc de sourire et serra la main au Breton :

— C'est fort bien, dit-elle avec un enjouement qui touchait à l'exagération, voilà une déclaration qui, pour être originale, n'en est pas moins directe... Mais pourquoi me fâcherai-je, moi, je vous le demande ; vous me trouvez belle, cela me plaît à entendre ; vous croyez que je vous ai sauvé, et vous n'avez pas tort ; enfin, vous dites que j'ai été votre consolation et votre espoir ; que Dieu vous entende alors, car, je le sens, ce me serait un bonheur sans égal, que d'être l'espoir et la consolation d'un homme que j'aime et j'estime...

Et comme Tanneguy la regardait embarrassé, elle se leva vivement du sopha et l'entraîna à la table.

Puis elle sonna et l'on servit.

Comme il faut toujours que des hauteurs de la poésie on retombe dans les bas-fonds de la réalité, il est bon que nous révélions à notre lecteur bienveillant que Tanneguy sortait pour le moment du régime de la Bastille et qu'à part le pain noir et l'eau croupie que l'on y servait, la table de cet établissement était fort peu faite pour flatter le goût... un bon souper est toujours une chose agréable ; à plus forte raison quand on sort d'une prison d'État.

Nous ferons remarquer en outre que celui-ci était partagé par une jeune et jolie femme. Ce qui ne gâte jamais rien !...

Pendant quelques minutes, la conversation languit naturellement, grâce à la présence des domestiques qui servaient ; mais Tanneguy employait bravement son temps.

La chère était exquise, le vin délicieux...

Tanneguy mangeait et buvait...

Le vin pétillait dans les coupes de cristal ; l'odeur des mets savamment apprêtés se mêlait aux âpres parfums que le vent apportait du parc dans le boudoir ; les bougies étincelaient, et les regards de la Pergolette avaient mille reflets étranges qui jetaient à son convive une sympathique émotion.

Tanneguy avait tout oublié...

A chaque verre qu'il vidait, sa raison robuste semblait sourire et chanceler ; les objets qui l'entouraient empruntaient des formes fantastiques, et c'était comme une valse effrénée qui emportait tour à tour verres, cristaux, bougies, sopha, dans un monde vers lequel il essayait vainement de les suivre...

C'était le commencement de l'ivresse...

Tanneguy la sentait venir ; elle montait de son cœur à sa tête, de sa tête à tous ses membres, et il n'avait plus la force de lutter contre elle ; vainement il secouait sa chevelure noire qui tombait à flots sur ses épaules, vainement il pressait son front palpitant de ses deux mains, l'ivresse montait toujours, et à travers le voile transparent qu'elle jetait sur ses yeux, il lui semblait voir les formes vagues et lascives de la Pergolette qui l'appelait en souriant...

Un frémissement singulier courut alors sur sa peau, il cacha sa tête dans ses mains et alla se jeter éperdu sur le sopha.

Il serait difficile de décrire d'une manière précise combien Tanneguy resta de temps dans cette attitude vaincue et désespérée, mais quand il se releva, tout s'était évanoui et l'appartement était plongé dans une obscurité complète.

Tanneguy était encore sur le sopha, mais la table avait disparu, les bougies étaient éteintes et il n'entendait plus que les battements précipités de son cœur dans sa poitrine!...

Les dernières fumées de l'ivresse ne s'étaient point encore dissipées et pesaient sur son cerveau; il passa à plusieurs reprises sa main froide dans ses cheveux et sur son front, et chercha à distinguer à travers l'obscurité les objets qui l'entouraient.

En ce moment, une main se posa sur son épaule, et deux lèvres brûlantes vinrent chercher avidement les siennes.

Tanneguy n'avait pas la force de se défendre : ses lèvres n'avaient jamais effleuré les lèvres d'aucune femme, il se sentit remuer d'une vibration inconnue; il ouvrit les bras et reçut sur sa poitrine en feu la tête échevelée et folle de la Pergolette.

Mais il touchait à peine les cheveux de la jeune courtisane, quand une détonation se fit entendre et vint réveiller tout à coup les échos endormis du parc.

Tanneguy se dégagea vivement de l'étreinte passionnée de la Pergolette, courut vers la fenêtre et plongea dans le parc un coup d'œil rapide.

Ce qu'il vit est la continuation du chapitre précédent; l'ouvrier avait lâché la détente de son pistolet, et déchargé son arme presque à bout portant sur Yvonnic qui avançait.

Heureusement pour ce dernier, que l'arrivée de quelques nouveaux personnages détourna le coup, et Tanneguy se trouva juste à la fenêtre pour voir le petit bossu s'enfuir à toutes jambes.

Les nouveaux personnages a qui Yvonnic devait ainsi son salut étaient Hector et Bellechasse ou le *Traveller*, qui arrivait en compagnie d'Annaïk et du père Lebras.

XXIII

Tanneguy resta un moment pâle et interdit; quand il se retourna, la porte du boudoir s'était ouverte, et il vit entrer Annaïk, son père, Bellechasse et les trois *Gueux* qui les suivaient portant chacun une épée nue à la main!..

Tanneguy sentit un moment toutes les sympathies vives de son cœur se réveiller; un cri d'étonnement, de joie et d'espoir s'échappa de sa poitrine, et il voulut se précipiter dans les bras de son père, mais un geste d'Annaïk, geste glacial, impératif, le cloua à sa place, et il ne put que regarder et attendre !

Cependant, Annaïk s'était avancée jusqu'au milieu de l'appartement, droite, pâle aussi, les yeux égarés; elle traîna péniblement un siége sur lequel elle fit asseoir le vieux Lebras, son père, et ayant fait signe à chacun des assistants de prendre place à ses côtés, tous s'assirent en silence tourmentés par une terreur vague et retenant mal leur curiosité.

Seuls des spectateurs de cette étrange scène, les trois *Gueux* étaient restés debout sur le seuil de la porte; ce n'était pas une chose peu remarquable que ces trois hommes, détachant nettement sur le fond d'or des cloisons leur silhouette maigre et déguenillée.....

Quand Annaïk vit que chacun des auditeurs avait pris la place qu'elle lui avait elle-même indiquée, elle alla vers Tanneguy et saisissant ses deux mains qu'elle embrassa :

— Tanneguy, lui dit-elle, le malheur m'a vaincue, et je viens vous demander une prompte et implacable vengeance.....

En entendant cette voix, Tanneguy eut un moment de mystérieuse épouvante..... il regarda Annaïk, pressa ses mains dans les siennes, et se leva vivement comme s'il eût craint d'être le jouet de quelque hallucination; mais Annaïk lui souriait, son père était là, grave et solennel, Bellechasse placé un peu plus loin, semblait attentif et sérieux, il se laissa retomber sans force sur sa chaise.

— Que s'est-il donc passé? murmura-t-il en attachant son regard frémissant sur le front d'Annaïk.

Annaïk abandonna les mains de son frère et vint se placer au milieu du cercle formé par les assistants.

— C'est une triste et lamentable histoire, dit-elle alors d'une voix sèche et vibrante, une histoire qui demande une vengeance éclatante, et dussé-je mourir de honte, je veux la raconter à des hommes de cœur, parce que j'aurai du moins l'espoir de ne pas avoir souffert, de ne pas avoir été déshonorée en vain.....

— Déshonorée... balbutia Tanneguy.

— Déshonorée, répéta Annaïk, en relevant le front sans rougir; et tenez, tout le monde ici se rappelle, excepté vous, mon père, l'incendie de la maison du duc d'Amboise, ce jour là, j'ai pu croire un moment que le ciel avait eu pitié de mes larmes, et que le malheur s'était lassé de me poursuivre, car je rencontrai au milieu de la sanglante catastrophe de l'incendie une femme qui s'oublia elle-même pour ne songer qu'à me sauver. — Ce jour-là je fus bien heureuse; j'ignorais que Tanneguy avait été jeté à la Bastille et je me croyais, moi, à l'abri des atteintes du duc. — J'avais un nom à bénir, et je pouvais braver l'homme qui a été notre plus cruel ennemi.

— Le nom, le nom de cette femme, interrompit anxieusement Tanneguy.

— Cette femme s'appelle Pergolette, répondit Annaïk, et elle nous écoute.

Tanneguy tourna vers la jeune femme un regard doux et plein de bontés; mais la Pergolette, poussée par un sentiment inexplicable, baissa la tête et se prit à pleurer.

Annaïk remarqua se mouvement, et une haine sauvage vint crisper ses lèvres :

Elle continua :

— Ce bonheur dura peu, Tanneguy, dit-elle, huit jours à peine; mais pendant ces huit jours, la joie et la confiance furent mes hôtes inséparables, et je ne prévoyais pas que je dusse retomber bientôt de toute la hauteur de mes folles espérances dans l'abîme d'un malheur implacable; il y a trois jours de cela, c'était le soir; j'étais seule, et je priais Dieu !... sans savoir pourquoi, une inquiétude mortelle emplissait mon cœur et détournait ma pensée... j'avais peur... une sueur glacée collait mes cheveux à mon front; j'étais malade, je souffrais. En ce moment, ma porte s'ouvrit, et je vis entrer trois hommes, à la tête desquels marchait Yvonnic !...

— Yvonnic !... fit Tanneguy.

— Yvonnic ! répéta Annaïk, l'âme damnée du duc, l'éternel complaisant de ses plus honteuses passions..... rappelez-vous bien cet homme, Tanneguy, et qu'il meure, entendez-vous, qu'il meure en maudissant le duc. Yvonnic entra dans ma chambre, et sur un signe de sa main, les trois hommes s'emparèrent de moi, étouffèrent mes cris et m'entraînèrent dans une voiture qui m'attendait à la porte, puis la voiture partit et l'on me conduisit chez le duc.....

— Chez le duc !... dit Tanneguy.

— Ce trajet ne fut pas long... en moins de dix minutes, la voiture s'arrêta devant l'hôtel d'Amboise, et je pus voir, en descendant, une femme qui sortait de cet hôtel, et se hâtait de fuir, dès que mon arrivée y fut annoncée.

— Quelle vraisemblance.

— Oh! j'ai tout appris, Tanneguy, et je savais bien alors que ma retraite ne pouvait être découverte que par trahison.

— Et cette trahison ?...

— La femme qui se sauvait venait de l'accomplir...

— C'est horrible.

— Une femme m'avait sauvée, une femme m'a trahie.

— Mais son nom !... son nom !

— Le même...

— La Pergolette ! s'écria Tanneguy éperdu.

— Regardez-la !... répondit Annaïk en étendant son bras vers la courtisane qui roulait sa tête dans ces deux mains et sanglotait.

Tanneguy sentit son cœur se briser à ce spectacle ; il baissa les yeux vers le parquet et dit à Annaïk d'une voix mourante.

— Continuez !...

Annaïk sourit amèrement, en jetant un dernier regard vers la Pergolette, et poursuivit de la même voix sèche et vibrante :

— En entrant cette fois chez le duc, je savais bien que j'étais perdue ; mais en passant le seuil de cet hôtel maudit, j'avais étouffé dans mon cœur tout sentiment de fausse pudeur, j'appelais à moi mon énergie et mon courage, et je marchai au déshonneur avec une sorte d'audace provoquante : Ah je puis bien le dire, maintenant, aussi bien je n'ai pas longtemps à rougir de tous ces souvenirs qui pèsent sur mon cœur comme des remords !...

Il y eut un moment de silence, pendant lequel tous les regards s'attachèrent avec curiosité sur Annaïk, et l'on vit le vieux Lebras pousser un profond soupir et baisser douloureusement la tête sur sa poitrine.

Annaïk était plus pâle encore qu'au commencement ; le feu d'une fièvre ardente brillait dans ses yeux, et ses gestes avaient je ne sais quoi de saccadé et de nerveux qui faisaient mal à voir.

Elle reprit :

— Grâce à l'infirmité dont la nature m'a frappée, dit-elle, j'avais pu à diverses reprises visiter l'hôtel du duc d'Amboise, et j'en connaissais à fond tous les appartements. Dès que je me trouvais seule, j'usais aussitôt de ma liberté et je me mis à parcourir l'hôtel dans tous les sens, espérant bien trouver ce que je cherchais. Ce ne fut pas long. A côté de la chambre du duc, impénétrable à tous les regards, inaccessible à toutes les recherches, il y a un cabinet, réduit mystérieux connu du duc lui seul, et dans lequel, une fois par hasard, il m'avait été donné de pénétrer. J'y entrai ce soir même. Je l'avouerai, cependant, en passant le seuil du cabinet, un frémissement involontaire s'empara de tous mes membres, et ma pensée se troubla. La force qui m'avait soutenue jusque-là parut vouloir m'abandonner, et je fus obligée de me retenir à la cloison pour ne pas tomber !... mais ce ne fut qu'un éclair..... ma résolution était trop fermement arrêtée, la colère qui gonflait ma poitrine, trop violente, pour que je voulusse retourner en arrière, je fermai la porte derrière moi et j'entrai.....

Cette chambre s'appelle le *chambre des poisons...*

On concevrait à peine que ces hommes poussent l'audace de l'infamie jusqu'au crime ; mais cette chambre existe, je l'ai vue et je porte, au besoin, dans mon sein, la preuve de son existence.

Je restai là une heure peut-être... une heure longue comme un siècle, pendant laquelle j'examinai un à un ces vases terribles qui recélaient la mort dans leurs flancs. Il y a là des poisons de toutes sortes. Il y en a qui tuent en une seconde, d'autres en une heure, d'autres encore en un jour. Les uns enlèvent la victime sans que l'œil le mieux exercé puisse découvrir la trace de leur passage ; les autres, moins subtils, mais plus sûrs peut-être, minent lentement la santé, rongent peu à peu les forces vitales et épuisent ainsi mystérieusement, et sans qu'on puisse en soupçonner la cause, la vie la plus robuste, la constitution la plus saine...

Quand j'eus achevé cet horrible examen, la sueur perlait sur mon front fatigué et mon cœur battait à se rompre dans ma poitrine en feu...

Il fallait choisir !...

Je calculai froidement mon temps, je comptai, minute par minute, ce qu'il fallait d'heures pour accomplir mon sinistre projet, et quand j'eus bien pesé toutes les chances qui m'at-

tendaient, j'avançai la main sans trembler et je saisis un des vases.

— Empoisonnée !... interrompit Tanneguy avec un cri mal étouffé.

— Je voulais vous sauver, mon père, je voulais vous sauver, mon frère ! fit Annaïk avec une sublime exaltation.

Un murmure d'admiration en même temps que d'effroi couvrit ces paroles.

— Oh ! j'avais tout calculé... repartit Annaïk, le poison que j'avais pris devait me tuer en deux jours, et vous le voyez, je n'ai plus que quelques heures à vivre...

— Mais il faut la secourir !... s'écria Tanneguy avec une sorte d'égarement... elle peut être sauvée encore, courons...

— Non ! repartit Annaïk, car je ne veux pas mourir sans vous avoir tout dit, et si vous me laissez en ce moment, peut-être ne me retrouverez-vous pas vivante !... D'ailleurs, j'ai bien réfléchi ; j'ai calculé froidement mon projet ; ce que j'ai fait, Tanneguy, ce que j'ai fait, mon père, était le seul moyen de briser la fatalité qui nous poursuivait tant. Ma mort efface ma honte, elle détruit en même temps la cause féconde de vos malheurs.

Tanneguy retomba atterré sur son siége et passa convulsivement ses deux mains crispées dans ses cheveux.

Bellechasse, qui suivait avec attention les paroles et les sensations d'Annaïk, restait pourtant calme, impassible en apparence.

— Une fois certaine que je ne survivrai que quelques heures à mon déshonneur, poursuivit Annaïk, je me hâtai de sortir de cette chambre des poisons, et je fis demander le duc d'Amboise.

Cet homme m'avait désirée assez longtemps pour que je ne doutasse de son empressement à souscrire à toutes les conditions que je lui poserais, et je ne m'étais pas trompée, car il accepta ; ce soir, je fus sa maîtresse ; le lendemain, il me donna la liberté de mon frère et celle de notre père !...

Le lendemain donc je partis ; je quittai cet hôtel, emportant sur mon front la trace ineffaçable d'une honte éternelle, mais dans mon cœur l'espoir d'une vengeance prompte et terrible.

Tanneguy !... j'allais vous revoir, j'allais vous dire toutes les humiliations que j'avais subies, toutes les hontes que j'avais dévorées. Oh ! j'étais forte, j'avais de l'audace, de l'énergie, et puis, durant cette nuit fatale, Dieu avait béni et fécondé ma douleur ; maintenant, avec l'accent et la voix d'une femme honteusement outragée, je pouvais parler et demander vengeance !

J'arrivai ainsi à la Bastille.

C'était hier ; j'avais mis beaucoup de temps à m'y rendre ; je ne connais pas la capitale, j'arrivai tard, trop tard pour mon malheur ; car, lorsque je me présentai à la porte de cette prison, on me dit que vous veniez de sortir, qu'une lettre de grâce vous avait rendu, dès le matin, à la liberté !...

Annaïk se tut alors, et tous les auditeurs de ce drame, où la lâcheté le disputait à l'infamie, demeurèrent muets et atterrés.

Enfin, Tanneguy se leva comme un homme qui se réveille en sursaut, et courut prendre les mains de sa sœur.

— Annaïk, lui dit-il avec vivacité, je vous le jure, devant Dieu qui nous a sauvés, devant notre père qui nous écoute, notre premier soin à tous, en quittant cette demeure, sera d'obtenir du duc une éclatante et terrible vengeance. Mais, écoutez-moi, Annaïk, par pitié pour notre douleur et notre désespoir, répondez-moi. Depuis que vous avez pris ce poison dans la chambre du duc, combien s'est-il écoulé d'heures ?

— J'ai encore deux heures à vivre, Tanneguy, fit Annaïk en pâlissant.

Tanneguy se tourna vivement vers la Pergolette qui sanglotait toujours sa tête dans ses mains.

— Pergolette, lui dit-il à voix rapide, Pergolette, je veux

Tu es un effronté coquin.

tout oublier en cet instant, tout, et votre imprudence et votre trahison ; il n'y a ici qu'un homme désespéré qui vous implore et que vous pouvez sauver peut-être... répondez... répondez.

— Faut-il mourir?... demanda Pergolette à travers ses larmes.

— Il faut répondre... poursuivit Tanneguy, une parole sensée, un renseignement précis. Vous avez été l'amie du duc?...

— Dites sa maîtresse, fit Pergolette avec amertume.

— Eh bien! sa maîtresse, soit; mais vous avez habité l'hôtel du duc, vous connaissez, sans doute, vous avez visité même cette *chambre des poisons* dont ma sœur a parlé.

— Je la connais.

— Eh bien! vous savez... vous devez savoir... s'il n'existe pas un breuvage, une liqueur, une eau merveilleuse, que sais-je, qui puisse lutter contre ces poisons subtils qui y sont renfermés...

— Il n'y en a pas, répondit la Pergolette.

— On vous l'a dit?

— Le duc lui-même!...

— Malheur! Malheur!... fit Tanneguy, qui se mit à parcourir la chambre avec des cris et des gestes insensés.

Cependant, Annaïk, qui devenait de plus en plus pâle, s'était laissée tomber sur un fauteuil, près du vieux Lebras, et

son regard, maintenant effaré, examinait avec une fixité qui tenait de la folie, divers détails des ornements du boudoir.....

Les trois *Gueux* eux-mêmes, debout sur le seuil de la porte et tenant toujours leur épée nue à la main, paraissaient profondément émus du spectacle navrant qui leur était offert!...

Seul le *Traveller*, qui n'avait pas cessé un instant de suivre les progrès de la décomposition des traits d'Annaïk, semblait parfaitement calme, et ne partageait, en apparence du moins, aucune des appréhension de l'auditoire.

Il se leva...

Nul ne songeait à lui, et pourtant, au mouvement qu'il fit, chacun tourna les yeux de son côté.....

C'est qu'en effet à ce moment et par un de ces phénomènes dont on ne saurait dire la cause, son visage s'était tout à coup transformé; son front semblait rayonner, sa lèvre souriait fièrement, et une volonté ferme, inébranlable, une résolution énergique éclatait dans son regard !....

Le *Traveller* avait avisé dans un coin du boudoir, un verre et une carafe à demi pleine, il marcha vers cet endroit, vida la carafe dans le verre, et revint vers Annaïk....

Le cercle s'était magiquement rétréci; chacun était là autour de Bellechasse et d'Annaïk, le regard ardent, la poi-

Le bossu se retourna vivement.

trine oppressée, attendant avec une anxiété pleine d'angoisses ce qui allait se passer. Le *Traveller* n'avait rien dit, mais on avait deviné; et si vous eussiez demandé à chaque spectateur ce qu'il allait faire, il vous aurait répondu qu'il allait rendre la vie à la sœur de Tanneguy.

Bellechasse toucha légèrement du doigt l'épaule d'Annaïk; ayant tiré de sa poche un petit flacon artistement ciselé, il en fit tomber quelques gouttes d'une liqueur dorée dans le verre plein d'eau qu'il tenait à la main.

— Buvez! fit-il en tendant le verre à la jeune fille.

— Qu'est-ce cela? demanda Annaïk frémissante.

— C'est la vie! dit le Traveller d'une voix inspirée.

— Vivre! non! non! fit Annaïk en couvrant de ses mains son front rougissant.

— Il faut vivre pour votre frère!

— Mais c'est moi qui fais son infortune.

— Pour ton père!

— Mais c'est moi qui abreuve d'amertume ses vieux ans. Ma mort, c'est leur salut.

— Non! votre ennemi est vaincu.

Puis, se courbant vers la jeune fille, il lui dit d'une voix basse, bien basse.

— Il faut vivre pour moi qui vous aime,..... si vous m'aimez!

Annaïk, à ses mots, tressaillit de tous ses membres; une pâleur mortelle couvrit tous ses traits; tout son sang avait afflué au cœur, qui battait violemment et qu'elle comprimait d'une main convulsive. Son regard éperdu se noyait dans la sérénité du ciel qui semblait lui ouvrir un splendide paradis.

Puis une idée terrible se présenta à sa mémoire, le sang, rouge et brûlant, colora son front d'une honte douloureuse, elle se tordit les bras de désespoir.

— Oh! maintenant, s'écria-t-elle d'une voix étranglée, maintenant plus que jamais je dois mourir!

Les sanglots et les larmes soulevaient convulsivement sa poitrine.

Le comte lui saisit la main avec élan, et la regardant avec une expression d'infinie tendresse et d'immense pitié:

— Annaïk, dit-il, d'une voix grave et convaincue, la faiblesse, la faute volontaire fait la honte, et non pas la brutale violence dont on a été l'objet.

Annaïk, pour sauver votre père et votre frère, vous avez sacrifié ce qu'une femme a de plus précieux au monde.

Et pour sanctifier davantage ce sacrifice vous avez cherché la mort.

Vous êtes pure, Annaïk, comme était pure la vierge-martyr qui sacrifiait sa vie et sa chasteté pour son Dieu, car elle savait qu'avant de marcher à la mort, elle aurait à subir la défloraison ordonnée par la loi païenne.

Et cependant, on les appelle encore vierges et martyrs !

Annaïk, vous êtes toujours pure, parce que vous êtes chaste.

Puis il murmura plus bas :

— Annaïk, je vous aime !... je t'aime... Bois ! bois, c'est la vie !

Annaïk avait levé les yeux vers lui ; à mesure qu'il parlait, le front de la jeune fille s'éclaircissait ; son œil avait un radieux ravissement ; sa bouche s'entr'ouvrait étonnée, ravie !

Comme dominée par une volonté irrésistible, elle tendit la main et but le breuvage que le comte lui présentait.

A peine le verre fût-il vidé qu'Annaïk éprouva un frémissement général ; ses yeux se fermèrent ; elle murmura quelques paroles, abandonna le verre qui alla se briser sur le tapis et se laissa retomber inanimée sur le fauteuil d'où elle s'était soulevée.

Un cri de stupeur partit de toutes les bouches ; Tanneguy, en proie à une sorte de délire furieux, saisit violemment le bras de Bellechasse.

— Qu'est-ce que cela signifie ? demanda-t-il avec une anxiété poignante.

— Cela signifie, répondit tranquillement le Traveller, qu'il faut maintenant la laisser reposer jusqu'à demain.

— Mais elle sera morte demain.

— Peut-être.

— Que lui avez-vous donné !...

— Du poison !...

XXIII

Quelques heures plus tard, Tanneguy était assis triste et pensif auprès du lit sur lequel reposait Annaïk.

Il pouvait être une heure du matin ; tout bruit avait cessé au dehors ; le château était rentré dans son silence habituel, et Tanneguy, le front caché dans ses mains, semblait profondément absorbé par le souvenir de la scène à laquelle il venait d'assister.

Annaïk, couchée sur le lit de repos de la Pergolette, rappelait par son attitude les plus mélancoliques statues des tombeaux.

Son front pur avait la pâleur du marbre, ses membres gardaient l'immobilité, et n'était sa respiration qui de temps en temps soulevait imperceptiblement sa poitrine, on l'eût prise volontiers pour une morte.

Tanneguy ne savait à quel parti s'arrêter, et mille combats se livraient dans son cœur, entre sa raison et son amour !

Le jeune Breton n'avait pas oublié l'accusation terrible portée par sa sœur à la courtisane ; cette accusation lui inspirait un cruel effroi, mais il se rappelait en même temps le dernier baiser qui avait effleuré sa lèvre, et le souvenir de cette étreinte passionnée le faisait encore frissonner d'une profonde émotion.

Il lui eût été bien difficile de dire ce qui se passait dans son propre cœur.

Certes, le sanglant outrage fait à sa sœur avait éveillé en lui toutes les colères de son esprit ; au prix de tout son sang, il n'eût pas voulu renoncer à la terrible vengeance qu'il comptait en tirer... Mais quand cette haine sauvage s'emparait de lui, quand son regard cherchait avidement l'ennemi qu'il lui fallait frapper, c'est l'image abhorrée d'Yonnic, c'est celle du duc qui se dressaient seules à l'horizon !...

La Pergolette était absente !...

Il ne pouvait se résoudre à la haïr. Il y avait un mystère dans la trahison dont elle s'était rendue coupable. Tanneguy eût voulu lui parler, l'interroger, et cependant il n'osait aller vers elle ; il craignait de se laisser trop facilement tomber. Il se sentait faible et il avait presque honte de sa faiblesse !...

En ce moment, le jeune paysan entendit, comme à travers les incertitudes d'un rêve, la porte de la chambre s'ouvrir et une robe de soie frôler timidement les tapis.

Il tressaillit...

Il ne douta pas un instant que ce ne fût la Pergolette... tout son sang reflua vers son cœur ; ses tempes battirent ; il écouta.

La Pergolette avançait lentement ; ses pieds rasaient à peine le sol, on eût dit une vision, à la voir passer si légère et si svelte.

Enfin elle s'arrêta !

Elle était arrivée auprès de Tanneguy. Elle jeta un long regard chargé de tristesse sur Annaïk et posa sa main tremblante sur l'épaule de Tanneguy.

Celui-ci releva la tête :

— Tanneguy, dit la jeune femme, voilà trois heures que je veille et que je pleure sans pouvoir me résoudre à vous venir trouver... Ne voulez-vous pas m'accorder quelques secondes d'entretien ?

— Moi ! fit Tanneguy.

— C'est peut-être la dernière fois que je vous vois, je n'ai pas voulu m'éloigner avant de vous avoir parlé.

— Partir... murmura Tanneguy en se levant.

Et il suivit machinalement la Pergolette qui alla s'asseoir sur un sopha.

Tanneguy était profondément triste ; il avait des larmes plein le cœur ; à ce moment surtout, il comprenait quel profond attachement le liait à la jeune femme ; et le remords glaçait sa pensée.

La Pergolette était pâle, ses cheveux flottaient en désordre sur ses épaules ; un frémissement douloureux agitait ses lèvres...

Pendant quelques secondes, le silence ne fut interrompu que par le bruit régulier et monotone de la pendule ; enfin la Pergolette reprit :

— Écoutez, Tanneguy, dit-elle d'une voix brisée, et avec une émotion qu'elle cherchait vainement à contenir, je suis coupable, je ne m'en défendrai pas ; l'accusation qui m'a frappée est terrible, elle m'accable, mais pourquoi essaierais-je de la repousser ?.... Tout ce qu'on vous a dit est vrai..... c'est moi qui ai sauvé Annaïk, c'est moi qui l'ai perdue....!

— Horrible ! horrible ! murmura le jeune Breton.

— Oui, Tanneguy, oui, c'est horrible..... j'aurais dû souffrir, j'aurais dû mourir plutôt que de commettre cette imprudence ! mais je n'en ai eu ni la force ni le courage..... je savais que vous étiez malheureux, que vous souffriez, et je n'ai écouté que mon cœur..... je vous aimais, moi, et je n'ai songé qu'à vous.....

— J'aurais mieux aimé mille fois périr dans les cachots de la Bastille, interrompit Tanneguy, car maintenant la honte est entrée dans notre famille... vous avez empoisonné la vieillesse de mon père ; Annaïk mourra déshonorée, et moi-même, sachez-le bien, je n'aurai d'autre issue à cette impasse que de me tuer après avoir assassiné le duc d'Amboise !... et c'est vous qui l'avez voulu ; vous.....

— Tanneguy ! dit Pergolette d'une voix suppliante.

— Oh !... J'avais confiance, cependant, poursuivit Tanneguy avec un accent déchirant ; vous m'aviez accueilli avec un sourire, vous vous étiez offerte à moi sous les traits de la beauté et du dévouement, jamais encore je n'avais rêvé tant de grâces et de beauté..... Et je m'étais laissé séduire..... mon cœur tout entier s'était ouvert à l'espoir..... Cela me semblait si bon de me sentir aimé, de ne pas marcher seul dans la vie, de trouver un lieu où toutes mes inquiétudes, toutes mes douleurs éveillaient un écho sympathique — et tout cela n'était que mensonge, tout cela cachait une affreuse trahison.....

— Mon Dieu ! balbutia la Pergolette.

— Tenez, continua Tanneguy, je vous aurais aimée, tout ce qu'il y avait en moi de pur amour et d'ardent désir s'était éveillé à votre contact, je vous aurais aimée comme l'on aime pour la première fois, avec ivresse, avec enthousiasme, avec frénésie; mais vous n'avez rien compris de tout cela, vous avez brisé à plaisir le bonheur vers lequel je m'efforçais d'atteindre, et maintenant ma vie est triste, décolorée, le désespoir y a pris place, il ne reste plus dans mon cœur que de la haine et du mépris...

Pendant que Tanneguy parlait, la Pergolette sanglotait avec une violence désordonnée; accusait Tanneguy de cruauté, et tordait ses bras, et mordait ses longues tresses de cheveux.

Le jeune Breton la regarda et en fut ému. L'indignation l'avait emporté beaucoup plus loin qu'il ne voulait aller; il ne pensait pas la moitié de ce qu'il avait dit; au fond du cœur il n'éprouvait ni haine ni mépris pour la Pergolette.

Il aimait.

Et puis, la lampe jetait à peine quelques pâles rayons à travers la chambre; les premiers feux du jour coloraient déjà les hautes fenêtres; mille oiseaux chanteurs s'éveillaient au dehors, et c'était une si belle créature que la Pergolette.

Tanneguy s'éloigna du sopha, et fit quelques pas vers la porte. Il avait peur de succomber.

Mais la jeune femme crut à un autre sentiment; il venait de lui parler durement, elle pensa qu'il voulait partir, qu'il s'en allait sur les derniers mots de mépris qu'il avait prononcés, et elle ne put supporter la douleur d'une pareille séparation.

Elle poussa un cri et se précipita dans ses bras.

— Tanneguy, dit-elle, ne partez pas ainsi, ou je meurs.....

— Que me voulez-vous donc !... dit Tanneguy, essayant faiblement de se débarrasser de l'étreinte de la jeune fille.

— Oh ! ne partez pas, Tanneguy... ne partez pas, je vous aime; mon amour, c'est mon seul crime..... si vous vous éloignez, je mourrai, tenez... je ferai ce que vous voudrez; j'ai commis une faute, et bien, dites vous-même quel châtiment il faut que je m'impose et je serai courageuse..... mais si vous m'avez aimée, Tanneguy, s'il vous reste encore un peu de pitié dans le cœur, ne m'accablez pas ainsi de votre haine et ne parlez plus de votre mépris; écoutez, je vous vengerai !

— Vous !

— Oui, oui, Tanneguy, moi, je vous le jure...

— Mais comment ?.....

— Je vous vengerai, vous dis-je, et vous et Annaïk et votre père..... une vengeance terrible, solennelle, éclatante comme il convient pour punir de pareils crimes.....

— S'il en était ainsi ?... commença Tanneguy.

— Vous me pardonneriez ?

Un éclair d'espoir sillonna le regard de la Pergolette, elle releva son front et sourit à travers ses larmes.

— Vous me pardonneriez, n'est-ce pas ? poursuivit-elle, vous n'auriez plus pour moi ni haine ni mépris, vous m'aimeriez encore peut-être.....

— Que dites-vous ?

— Oh ! vous m'aimez, vous l'avez dit, pourquoi le cacheriez-vous maintenant...votre amour, c'est ma seule joie, mon bonheur..... si vous me le refusiez, Tanneguy, je mourrais !...

En parlant ainsi, la Pergolette avait laissé tomber sa tête sur la poitrine du jeune Breton.

Ce dernier était profondément troublé; l'haleine brûlante de la Pergolette l'avait enivré; un frisson voluptueux lui courait sur l'épiderme; il était à bout de résistance, tant de résignation, de dévouement et d'amour l'avaient vaincu, il prit dans ses mains la tête échevelée de la jeune femme et la tint embrassée pendant quelques secondes.....

XXIV

Or, pendant que ces faits se passaient de ce côté, une petite scène de haute comédie se jouait dans une des rues les plus populeuses de la capitale.

Que le lecteur veuille bien nous y suivre, et nous le ferons assister à cette scène digne d'être racontée par une plume plus exercée que la nôtre.....

Il pouvait être une heure du matin; l'air était frais et vif, le ciel plein d'étoiles; il n'y avait encore que la moitié des réverbères éteints.

À cette heure, un homme enveloppé d'un long manteau cheminait à pas lents sur les revers des rues, petites et sombres, qui aboutissent à la rue Saint-Antoine.

Cet homme n'était autre que M. Crampton, exempt du roi. Lequel se rendait, pour le moment, auprès de M. le lieutenant de police.

Le lieutenant de police avait eu quelques inquiétudes depuis plusieurs jours; les rapports de ses affidés étaient loin d'être rassurants, et l'état de la capitale lui inspirait de sérieux soucis... ce pauvre lieutenant... il avait cependant une extrême finesse et une habileté rare... rien n'échappait à son regard vigilant et il embrassait d'un seul coup d'œil ces mille réseaux dans lesquels il croyait tenir le peuple. Mais peut-on contenir le lion dans les mailles d'un filet trop étroit ?... M. le lieutenant de police n'avait pas songé à cela; et maintenant il comprenait, aux secousses violentes de son prisonnier, le peu de solidité de la prison.

M. Crampton partageait une partie des appréhensions de son maître, et la situation de Paris à cette époque était pour lui aussi une source de craintes sans cesse renaissantes.

M. Crampton était triste, et sa tristesse inspirait à sa démarche une sorte de balancement rêveur; le sentiment du devoir le poussait à obéir à l'ordre qu'il avait reçu et il se dirigeait, quoiqu'à pas lents, vers la demeure où l'attendait le lieutenant de police.

Toutefois, en marchant, il se laissait gagner peu à peu par de sages et prudentes réflexions que lui suggérait sa position.

Bien qu'on ne comprît pas encore ce qui allait se passer, cependant il y avait partout, dans l'air, dans l'attitude de la population, des symptômes dont on ne pouvait méconnaître la gravité. On sentait l'approche d'une révolution !

Quel parti pouvaient prendre dans cette situation les hommes qui avaient servi avec tant d'ardeur la société dont les bases s'ébranlaient déjà... vers quel abri inconnu devaient-ils marcher, derrière quel rempart allaient-ils se retirer ?

M. Crampton se demandait tout cela et ne savait précisément quelle réponse s'adresser.

Et sa marche l'entraînait toujours vers la demeure du lieutenant de police.

Tout à coup, et au moment même où il découvrait déjà dans l'ombre le domicile du magistrat, il vit quelque chose d'informe longer la muraille à ses côtés, et passer rapidement à deux pas de lui.

Il fit un mouvement en avant, et comme il ne manquait pas de courage, il étendit le bras et posa la main sur le dos du mystérieux fuyard.

Ce dernier s'arrêta tout court sous cette pression inattendue, et dévisagea son adversaire à la lueur d'un pâle réverbère qui leur envoyait ses rayons obliques.

M. Crampton en avait fait autant, et nos deux personnages laissèrent échapper en même temps une exclamation de surprise et presque de joie.

— Monsieur Crampton !... fit l'inconnu en se redressant de toute sa petite taille.

— Yvonnic !... dit M. Crampton en faisant quelques pas en arrière.

Et tous deux se serrèrent la main comme de vieilles connaissances, deux vieux amis qui se retrouvent à un moment critique.

— Est-ce que tu viens de chez le lieutenant de police ? demanda l'honnête exempt après un moment de silence éloquent

— J'en sors, répondit le petit bossu.

— Il était chez lui?

— Il vous attendait.

M. Crampton serra sans mot dire la main du bossu et l'entraîna rapidement à quelques pas dans l'embrasure d'une porte cochère.

Là, du moins, ils pouvaient se croire à l'abri de toute curiosité, partant de toute trahison. Ils pouvaient parler en toute liberté.

— Yvonnic, reprit bientôt l'exempt d'un accent où perçait une certaine mélancolie inquiète, il y a quelques jours déjà que je voulais te parler :

— Et moi aussi, interrompit Yvonnic.

— Tu es dévoué à M. le lieutenant de police.

— Comme vous, monsieur Crampton.

— Et dans les circonstances difficiles où je prévois que nous allons entrer, on peut avoir besoin des conseils sincères d'un ami.

— C'est ce que je pensais.

Il y eut alors un long silence pendant lequel M. Crampton parut se recueillir. Yvonnic était complétement caché dans l'ombre, et nul regard humain ne pouvait remarquer le sourire fin et railleur qui errait en ce moment sur ses lèvres.

M. Crampton poursuivit.

— M. le lieutenant de police, dit-il, a-t-il une connaissance bien exacte de ce qui se passe depuis quelque temps dans Paris?

— Parfaitement exacte.

— Et cela ne l'effraie pas?

— Nullement.

— Que compte-t-il donc faire?

— Résister.

— Résister!... mais c'est folie!... résister quand le flot monte... gronde... menace de tout envahir ; résister quand, demain peut-être, le flot dévastateur aura tout submergé; assurément, ces hommes sont frappés de vertige.

— Ces hommes ont une position agréable, reprit Yvonnic, et ils désirent la conserver.

— Mais le même tourbillon emportera en même temps, et ces hommes et ceux qui auront eu l'imprudence d'attacher leur fortune à la leur.

— Sans doute!

— C'est de la cruauté de leur part.

— Comme ce serait de la niaiserie de la part de leurs amis que de les suivre sur cette pente.

— Est-ce ton avis, Yvonnic?...

— N'est-ce pas le vôtre? monsieur Crampton?...

Il y eut un nouveau silence. M. Crampton le rompit le premier. Il était fort animé; sa voix était vive et saccadée. Il avait encore au fond du cœur une certaine honnêteté qui l'empêchait d'aller, visage découvert, à la palinodie. Même devant Yvonnic, l'explication franche de sa lâcheté l'eût fait rougir. Yvonnic, lui, n'avait garde d'y mettre tant de façons !...

— Il y a deux manières, reprit enfin M. Crampton, d'accepter la situation terrible dans laquelle nous nous trouvons ; la première, c'est celle de M. le lieutenant de police, et elle commande de résister jusqu'au moment suprême, dût-on trouver la mort dans la lutte. C'est la manière dont les plus forts et les fous l'accepteront, j'en suis sûr !...

— Voyons la seconde, alors, fit Yvonnic avec un petit ricanement railleur, car, en vérité, je ne saurais nous ranger ni dans les forts, ce serait trop d'honneur, ni dans les fous, ce serait nous faire une injure trop grande.

— La seconde, poursuivit M. Crampton, consiste à attendre, à temporiser, à s'abstenir enfin, à se faire petit et humble, et à laisser la tourmente passer sans songer à trahir ceux qui ont été nos maîtres. Cette façon de comprendre la position n'est peut-être pas précisément généreuse, mais on peut dire qu'elle est encore honorable.

— Alors, c'est ce parti que vous adoptez, fit Yvonnic.

— Peut-être.

— Eh bien, je ne vous approuve pas.

— Pourquoi cela?

— Parce que ce n'est pas prudent.

— Mais encore.

— Je pense, monsieur Crampton, que les rats dans une circonstance semblable se conduiraient avec infiniment plus de sagesse...

— Que font-ils?...

— On dit que lorsqu'une maison menace ruine, et qu'elle est près de crouler sur sa base, les rats abandonnent la maison, avec cet instinct du cœur qui ne trompe jamais.

— C'est de l'ingratitude, cela, Yvonnic!...

— C'est de la prudence, monsieur Crampton...

— Et où vont les rats, quand ils abandonnent la maison qui tombe en ruine...

— Ils vont vers la maison neuve, répondit Yvonnic sans hésitation, en levant les yeux et en riant effrontément.

M. Crampton soupira; il n'avait encore ni cette impudence ni cette audace.

— Ainsi, dit-il peu après, tu abandonnes le lieutenant de police?

— A l'instant.

— Il est prévenu...

— Je le lui ai dit.

— Et tu vas vers les ennemis...

— Sans m'arrêter.

— N'as-tu pas du moins quelques remords?

— Aucun.

— Pas même de regrets...

— Si... un seul...

— Lequel?...

— Celui d'avoir peut-être trop tardé...

M. Crampton regarda Yvonnic avec tristesse, et étendit vers lui sa main tremblante :

— Yvonnic, lui dit-il, nous ne devons peut-être plus nous revoir dans ce monde, je désire que cette trahison ne pèse pas sur ton avenir.

— Bah! fit Yvonnic avec insouciance, la vie est si courte, il faut se garder de l'attrister encore par des remords anticipés...

Yvonnic tendit en parlant ainsi sa main osseuse et saisit celle de M. Crampton.

Ces deux hommes restèrent un moment sans parler, livrés à des préoccupations d'un ordre différent... puis ils se quittèrent enfin, en prenant chacun une route opposée.

M. Crampton se dirigea vers la demeure du lieutenant de police, tandis que le petit bossu s'éloignait en lui tournant le dos.

XXV

LE DERNIER BANQUET DES GRANDS SEIGNEURS.

Le lendemain soir, dès que la nuit fut venue, Tanneguy, le *Traveller* et le trois Gueux partirent pour Paris.

C'était le moment suprême; nul ne voulait manquer au rendez-vous.

La Pergolette les avait devancés, elle avait promis à Tanneguy de l'introduire cette nuit même chez le duc d'Amboise.

Tanneguy n'en avait pas demandé davantage; il s'était assuré qu'Annaïk vivait et il avait suivi la Traveller.

L'assurance qu'on leur avait donnée que le jour de la lutte ouverte était enfin venu, avait exalté les trois Gueux, ils s'étaient précipités d'un commun élan dans les bras l'un de l'autre, et s'étaient tenus longtemps embrassés. Ils étaient

Vous êtes libre, dit cet homme. (P. 47, col. 1.)

gais, railleurs, pleins d'esprit, bavards, étincelants de verve et semaient sur le chemin les étincelles radieuses de leur conversation insouciante et folle.

Où allaient-ils...

Ils allaient à l'inconnu vers lequel la France marchait aveuglément à ce moment terrible! mais ils marchaient avec une foi robuste, et comme les apôtres du Christ, quand ils partirent du pied de la croix, ils marchaient sans remords, le cœur dégagé, l'âme avide, vers ce monde meilleur promis au peuple depuis le commencement des siècles!... A Paris, une armée impatiente les attendait; un signe de leur part, et cette armée allait se répandre dans tous les coins de la capitale, et y sonner l'enthousiasme des doctrines nouvelles; c'était le dernier jour des monarchies impossibles. C'était l'avénement des jeunes et vaillantes démocraties que le soleil de la liberté allait faire éclore.

Quand ils arrivèrent à Paris, la nuit était déjà fort avancée; ils pressèrent leur marche, et prirent la direction de ce cabaret borgne où Frontin avait naguère introduit Bellechasse.

La réunion était complète : il y avait là des hommes de tous les rangs, de toutes les conditions, de tous les métiers, tous ceux enfin que l'idée nouvelle avait touchés, et qui venaient se préparer par la discussion à la lutte qu'ils allaient avoir à soutenir!

Il est certain qu'à cette époque, tout ce qu'il y avait à Paris d'intelligent et d'actif s'était précipité vers ces sortes de réunions. C'était un point de contact; on y pouvait échanger à l'écart, loin des regards des puissants du jour, les idées de la régénération qui étaient partout en fermentation, on pouvait s'y croire libre, on pouvait y conspirer.

C'était un refuge pour les esprits chercheurs, pour les philosophes, pour les inquiets, pour les ambitieux.

Pour le vulgaire, on s'occupait de toutes sortes de choses, on discutait le *rite égyptien* ou *le rite écossais*, on parlait des insignes particuliers, des emblèmes, des figures symboliques de la franc-maçonnerie. Pour les esprits sérieux, on s'agitait, on s'unissait dans l'ombre, on discutait *les droits de l'homme*, on préparait l'avénement de la Révolution Française.

Singulières associations et plus singulière époque.

Descendez un moment cet étroit escalier qui conduit dans une sorte d'antre où l'œil de la police plonge, dit-on, tous les jours, regardez à travers cette porte si bien close, et que garde un homme silencieux, une baguette blanche à la main. Voici ce que vous apprendrez.

Selon le rite égyptien, il n'y a que trois grades dans la franc-maçonnerie : apprenti, compagnon, maître. Ceux que l'on admet à la régénération morale, c'est-à-dire à l'initiation, doivent passer successivement par ces trois grades pour arriver à la perfection désirée. Il y a un tabernacle, *des pupilles* ou *des colombes*; un temple tendu de bleu sur lequel brûlent trois bougies...

Et mille autres niaiseries de même force.

Mais traversez cette première salle, ne craignez pas de vous aventurer dans les détours de ces corridors sombres, et d'entrer même dans le Saint-Tabernacle; là, vous verrez d'autres hommes et vous entendrez enseigner d'autres doctrines.

Là, en effet, vous entendrez parler *de l'esclavage, du souverain, du contrat social;* les hommes que vous y rencontrerez vous parleront des misères du peuple, des infamies des grands seigneurs, de la nécessité d'une sanglante et terrible révolution, et ces hommes s'appelleront Helvétius, Diderot, d'Alembert, d'Holbach, Voltaire, etc.

Dès que Bellechasse fut reconnu, son nom parcourut immédiatement tous les groupes, avec un frémissement de curiosité et d'attente anxieux. On l'avait attendu longtemps. Son apparition était peut-être le signal de ce combat si souvent remis. Tous les regards se fixèrent sur lui, toutes les conversations se turent, toutes les oreilles écoutèrent... ce fut un silence solennel !

Bellechasse parla... il rappela en peu de mots le passé honteux que chacun avait subi ; il dit les douleurs du présent, les espérances de l'avenir, il eut des paroles énergiques pour flétrir le passé, des paroles enthousiastes pour peindre les aspirations de chacun, sa voix, tantôt grave, tantôt douce, souvent vibrante comme une menace ou caressante comme une promesse, sut commander à cette foule émue et agitée, et quand il eut fini, quand ces dernières paroles eurent frappé les oreilles attentives, et qu'il eut dit que le lendemain la capitale entière se lèverait frémissante, pour frapper la tyrannie et inaugurer le règne de la démocratie européenne, un cri unanime lui répondit, cri plein d'élan patriotique qui alla réveiller les échos sonores des voûtes sous lesquelles se tenait cette séance inouïe !

Puis, tout rentra bientôt dans le calme.

Chaque membre de la société disparut un à un, et une demi-heure après, la salle était complètement vidée ; il n'y restait plus que Bellechasse, Tanneguy et les trois *Gueux.*

Cependant, le visage de Tanneguy avait pris depuis un instant un caractère particulier d'attention qui ne lui était pas habituel : ses poings s'étaient crispés sur son bâton, ses dents se choquaient avec fureur, et son regard ardemment allumé s'attachait avec une haine sauvage à l'un des recoins pleins d'ombre de la salle. Dans cet endroit, il avait distingué Yvonnic. —

Tout ce que son cœur contenait de colère sanglante était près de faire explosion, et placé immobile sur le seuil de la porte, il attendait silencieusement, comme une panthère aux aguets, que sa victime fît un mouvement pour fondre sur elle !

— Eh bien, lui dit Bellechasse en allant à lui, et en lui frappant familièrement sur l'épaule, qu'attendez-vous là, Tanneguy ?

Celui-ci lui indiqua sans répondre le coin de la salle dans lequel Yvonnic se tenait blotti...

Les trois Gueux avaient suivi le geste du paysan et un même cri leur échappa en même temps.

— Yvonnic !...

— Yvonnic ! répondit Tanneguy en faisant quelques pas vers celui qu'on désignait.

Mais ce mouvement parut vraisemblablement suspect à ce dernier, car dès qu'il aperçut Tanneguy se diriger de son côté, il s'élança avec toute l'agilité d'un chat furieux vers un côté opposé de la salle.

Tanneguy s'y attendait ; il fit un signe impérieux à ses compagnons qui s'arrêtèrent aussitôt, et secouant résolûment ses longs cheveux qui tombaient sur ses épaules, il serra fortement son bâton dans sa main et marcha droit à son adversaire :

— Cet homme a été mon plus implacable ennemi, dit alors Tanneguy à Bellechasse ; il ne doit mourir ici que de ma main ; et je regarderai comme un traître tout homme, fût-il mon ami, qui tenterait de m'empêcher de faire justice.

Tanneguy était pour le moins aussi agile que le petit bossu, et malgré la souplesse de ce dernier, en quelques bonds il le rejoignit sur le seuil même de la porte.

Yvonnic poussa un soupir douloureux, fit une grimace grotesque et tomba sur ses genoux difformes.

— Grâce ! cria-t-il d'une voix étranglée, grâce, mon bon monsieur Tanneguy.

Tanneguy avait appuyé sa main robuste sur l'épaule d'Yvonnic, et de l'autre il brandissait énergiquement son bâton au-dessus de sa tête.

— Grâce ! répéta le bossu en baissant le front vers la terre.

Le bâton de Tanneguy tomba lourdement sur la tête d'Yvonnic qui rendit un gémissement sourd et roula sur le sol.

Tanneguy n'avait pas proféré une parole. Pâle, muet, les sourcils rapprochés, il contemplait sans émotion apparente le spectacle horrible de cette agonie sanglante.

Il releva son bâton ; Yvonnic fit un mouvement convulsif. Le malheureux voulait encore essayer de fuir, mais il était étourdi du coup qu'il avait reçu.

— Grâce !... grâce !... murmura-t-il avec effort, monsieur Tanneguy, vous ne voulez pas me tuer...

Mais Tanneguy n'écoutait rien, et son bâton s'abattit de nouveau sur le crâne du bossu.

Cette fois, le coup était vraisemblablement mieux appliqué que la première fois, car le sang jaillit avec abondance de la blessure, et Yvonnic s'allongea comme une masse inerte, sans pousser un cri et sans respirer.

— Mort !... dirent en même temps les spectateurs de cette scène atroce qui se précipitèrent par un commun mouvement vers Tanneguy.

Mais celui-ci n'avait pas quitté sa victime ; le pied toujours appuyé sur sa poitrine, l'œil hagard, il fit aux trois Gueux et à Hector un geste impérieux de son bâton, et traça en quelque sorte un cercle dont il leur défendit de franchir l'enceinte.

— Arrière ! s'écria-t-il enfin, cet homme m'appartient, et je veux qu'il sache bien qu'il meurt de ma main ; et de ma main seule !

Puis il se pencha vers le bossu.

— Yvonnic, lui dit-il d'une voix haletante.

Yvonnic répondit par un grognement inarticulé.

— Yvonnic, poursuivit Tanneguy en le poussant du pied avec un profond dégoût et une rage dont il avait peine à modérer l'expression, tu as été le démon de ma famille, tu as rendu mon père fou de douleur, tu as jeté Annaïk au déshonneur, tu m'as poussé moi-même au crime, Yvonnic, c'est de ma main que tu vas mourir...

Le pauvre bossu souleva péniblement sa tête sanglante, et regarda son bourreau d'un œil terne et mourant.

— Pitié... balbutia-t-il.

— Misérable !... interrompit Tanneguy, oh ! point de pitié pour toi et pour tes semblables..... la mort..... la mort avec toutes les tortures, la mort violente, pleine de douleurs, de désespoir, d'efforts impuissants..... Point de pitié ! Et que Dieu soit implacable pour toi comme je le suis en ce moment.

Mais Bellechasse s'était approché et avait saisi le bras de Tanneguy. Celui-ci voulut secouer cette étreinte.

— C'est assez, c'est trop peut-être, fit alors gravement le Traveller. Tanneguy, vous ne vous vengez pas en ce moment ; cet homme est sans défense, vous l'assassinez.

Le Breton frémit d'indignation.

— Parce qu'il a été lâche, poursuivit Bellechasse sans s'émouvoir, devez-vous l'être vous-même ? Du reste, si vous tuez cet homme, vous anéantissez votre vengeance.

Tanneguy regarda le vicomte avec étonnement ; il ne comprenait pas.

— Oui, reprit Bellechasse en désignant Yvonnic, cet homme porte avec lui votre vengeance.

— Que voulez-vous dire ? demanda le Breton.

— Yvonnic a été jusqu'ici le suppôt des tyrans, l'âme damnée des grands seigneurs ; mais le vent a changé, le peuple est victorieux, cet ancien lâche soutenu des puissants d'hier, deviendra aujourd'hui leur plus redoutable ennemi. Le peuple est magnanime. Aujourd'hui il se lève furieux, demain il pardonnera aux vaincus. Mais les anciens amis des seigneurs ne leur pardonneront pas, les valets livreront et déchireront les maîtres.

Bellechasse s'était avancé en prononçant ces paroles ; sa prophétie avait quelque chose d'amer et de sinistre.

En ce moment, de grands bruits, des clameurs profondes arrivèrent du dehors. Les acteurs du drame que nous écrivons tressaillirent.

— C'est la révolution qui se lève ! fit Bellechasse ; demain la terrible prison d'État de la Bastille sera renversée, et il ne restera pas d'elle pierre sur pierre.

Et Bellechasse entraîna Tanneguy.

XXVI

Ce soir là, il y avait fête encore une fois chez le duc d'Amboise. Toute la noblesse folle y avait été conviée, tous les vieux roués de la régence, tous les débauchés du siècle de Louis XV.

De ce côté aussi la réunion était complète.

Le duc d'Amboise avait été sermonné par le roi, et il voulait obéir à l'injonction de son monarque en renonçant aux désordres qui avaient été toute sa vie jusqu'alors.

C'était quelque chose comme un adieu aux débauches auxquelles il s'était adonné naguère avec tant de frénésie.

Le duc d'Amboise voulait se ranger.

D'ailleurs, l'aspect de Paris était peu rassurant depuis quelques jours. Même parmi les grands seigneurs, il y en avait qui commençaient à réfléchir et à craindre.

Un mauvais indice.

La peur est communicative; ils n'avaient jamais voulu compter avec le peuple, et maintenant, voilà que tout à coup le peuple les faisait trembler !

Tous n'étaient pas ainsi cependant; il y avait là encore de véritables chevaliers, des nobles courageux, des grands seigneurs altiers qu'aucune menace n'eût pu troubler, et qui regardaient sans pâlir s'avancer la révolution !...

Ils combattirent et moururent en défendant la monarchie.

Parmi les hommes qui avaient répondu à l'appel du duc d'Amboise, on distinguait bien peu de ces derniers; c'étaient pour la plupart des fermiers généraux, de petits abbés dissolus, de lâches courtisans engraissés sous le dernier règne.

Puis des femmes perdues qui n'avaient jamais été jeunes, que la débauche avait prises au sortir de l'enfance, et qui maintenant portaient sur leurs fronts fatigués et pâles la trace ineffaçable des hontes du passé.

Génération blasée qui n'avait même jamais eu l'excuse de la jeunesse.

Le souper du duc d'Amboise se donnait dans cette vaste salle aux proportions babyloniennes que le lecteur connaît déjà.

On y avait prodigué les fleurs, les lampes, les cristaux...

Il y avait de gigantesques statues posées de distance en distance pour la circonstance même. Et sur le fût de chaque colonne resplendissait un panoplie aux reflets étincelants.

C'est la Pergolette qui avait présidé à l'ornement de la fête.

La courtisane devait, d'après l'ordre du roi, quitter le lendemain le duc d'Amboise, et elle avait obtenu de ce dernier de présider encore une fois à cette fête qui devait être pour elle aussi un adieu.

Du reste, elle s'acquittait de ce soin avec une grâce et un goût qui lui attiraient à chaque instant les éloges des grands seigneurs qui l'entouraient.

Le duc, lui-même, déclarait que la salle lui paraissait comme transformée ?...

Il ne reconnaissait plus ses valets ordinaires, les vins lui semblaient meilleurs, jamais ses amis n'avaient eu tant d'esprit, jamais les femmes n'avaient offert plus de charmes ni plus d'éclat...

La Pergolette acceptait tous ces éloges avec modestie, et allait et venait à travers la foule des grands seigneurs accueillant chacun avec son plus enivrant sourire.

Toutefois, quand, par hasard, les folies de l'orgie se taisaient tout à coup, quand les saillies de l'ivresse s'appaisaient, et que quelque bruit du dehors pénétrait jusque dans la salle du festin, son front se plissait inopinément, sa lèvre se crispait et une pâleur mortelle se répandait sur son visage.

Enfin, le duc d'Amboise se leva, et tous les seigneurs firent silence.

Le duc allait parler, chacun s'apprêta à l'écouter.

— Messieurs, dit alors le duc d'une voix ferme, c'est aujourd'hui notre dernière réunion, notre dernier banquet !... Les philosophes ont exercé une fâcheuse influence sur l'esprit du roi et il a prêté l'oreille à leurs menaces. Je souhaite que la cour ne s'en trouve pas mal. Quant à nous, qui sommes les hommes du passé, ne nous laissons pas abattre par un échec passager; luttons contre l'esprit envahisseur des temps modernes, et vidons une dernière fois nos verres à l'honneur de ce passé que les ambitieux menacent et que les lâches renient.....

Le duc achevait à peine ces paroles qu'une étrange clameur s'éleva au dehors, en même temps qu'un changement inattendu s'opérait au sein même de la salle du festin.

C'était encore cette même clameur qui avait retenti dans une autre circonstance et qu'avait éclairée l'incendie de la maison du duc.

Mille voix chantaient sur un mode sinistre :

C'est la ronde des Gueux qui passe,
Morbleu !...
Il leur faut une large place
Au soleil de Dieu.

Et pendant que ce refrain retentissait au dehors, au dedans les lampes se mirent à vaciller comme si une main invisible les eût touchées tout à coup, les valets jetèrent au loin leurs livrées au milieu de la salle, et les statues, ayant tourné sur elles-mêmes, laissèrent voir sur leur socle un mendiant, l'épée nue à la main !

Ce fut un coup de théâtre.

Les seigneurs surpris se levèrent effarés, et cherchèrent leur épée, mais leur épée avait été enlevée pendant l'orgie, et ils se trouvèrent désarmés en présence d'une foule menaçante.

Le tumulte devint horrible en quelques minutes, et le combat dura peu.

Pendant les premiers instants, le duc d'Amboise avait vainement essayé de fuir; à chaque porte il trouvait un gueux dont l'épée nue menaçait sa poitrine; force lui fut de revenir au milieu de la salle, où enfin il fut rencontré par Tanneguy et le *Traveller.*

C'était là ce qu'attendaient ces derniers.

Le Breton levait le bras pour frapper, Bellechasse l'arrêta encore une fois.

— Pas encore ! dit le Traveller ; l'heure de sa mort n'a pas encore sonné ; mais la vengeance commence. Cette vengeance, je vous l'assure, sera longue, terrible, complète; et les coupables l'éprouveront, souffrance pour souffrance, douleur pour douleur.

Il y a dix-huit siècles que le peuple gémit.

Il faut plus d'une heure pour le venger !

Et le duc passa pâle, terrifié, devant le sourire cruel et triomphant du Traveller.

Enfin, quand cette foule, à moitié ivre de sang et de vin, n'eut plus rien à frapper ou à détruire, un cri se leva dans leurs rangs mêlés et confondus, et ils partirent tous ensemble, Bellechasse en tête, pour la Bastille !...

C'était la première forteresse de la monarchie du passé que l'on devait abattre, et elle tomba le jour même sous leurs coups !....

La révolution s'était accomplie.

Chaque jour la hache populaire abattait un vieil abus.

On était vers la fin de l'année 1792 ; les armées alliées pressaient nos frontières de leurs troupes innombrables ; les suppôts des anciens priviléges, les seigneurs renversés de leur puissance intriguaient au dedans, au dehors, ranimaient, trahissaient, livraient la France à l'étranger.

La patrie était en danger.

Le gouvernement révolutionnaire, en même temps qu'il faisait un appel suprême à la nation, répondait par la terreur à la terreur dont voulaient la frapper ses ennemis.

Les prisons regorgeaient de conspirateurs ou partisans de l'ancien état de choses que certains actes anti-révolutionnaires faisaient considérer comme suspects.

On était à la veille des terribles représailles des journées de septembre, que certains historiens ont peut-être trop sévèrement jugées.

Yvonnic s'était mêlé activement à tous les mouvements populaires, il faisait partie des clubs les plus radicaux, et se faisait le partisan des mesures les plus excessives, les plus sanglantes. C'était un des plus redoutables enragés.

Le bossu avait un rêve.

Lui, l'ancien valet, l'âme damnée du duc d'Amboise, il caressait le projet de devenir possesseur des biens immenses que possédait le duc en Bretagne.

Pour cela il fallait que le duc d'Amboise fût inscrit sur la liste des ci-devant dangereux. Le duc n'avait pas encore émigré. Il se trouvait coi dans une retraite secrète dans Paris, attendant la contre-révolution qui, pour lui comme pour les autres nobles, était hors de doute.

Il entretenait une certaine correspondance avec les émigrés, et les berçait de ses illusions, que ceux-ci, du reste, lui renvoyaient encore mieux dorées.

Ils avaient à Paris et dans les départements de nombreux agents chargés de pousser la révolution à tous les excès, de la compromettre par tous les moyens, de fatiguer le peuple par des troubles permanents et une misère croissante.

Yvonnic était un de ces agents ; seulement le bossu se ménageait une place dans les deux camps, et pour cela il trahissait tout le monde.

Un jour donc, ayant découvert la retraite du duc d'Amboise, après avoir fait toutes les protestations de dévouement à son ancien maître, il courut le dénoncer comme coupable de conspiration contre la France.

D'Amboise fut arrêté, et les lettres trouvées chez lui ne confirmèrent que trop les allégations du dénonciateur.

Trois jours après, Bellechasse conduisit Tanneguy dans une des cours de la Conciergerie. Là un spectacle affreux s'offrit aux regards du Breton.

Il y avait dans cette cour plus de deux cents cadavres, et parmi ces cadavres le corps mutilé du duc d'Amboise.

— Vos mains sont pures, dit Bellechasse à Tanneguy qui détournait ses regards avec horreur, et vous êtes vengé. C'est l'expiation qui commence. Tenez, on peut mépriser les bourreaux, mais on ne saurait les condamner.

Tanneguy ne répondit pas. Il sortit de la cour de meurtre, sombre et préoccupé.

Il sentait en ce moment dans son cœur ce qu'il y a de cruel, d'implacable, d'injuste peut-être dans la vengeance.

Enfin, il dit à Bellechasse :

— La Bretagne est en feu ; la guerre civile la dévore. De quel côté est la vérité et la justice ? Du côté de la révolution, sans doute. Mais dans tous les camps j'ai des amis, des frères ! D'un autre côté, Paris m'épouvante ; je ne comprends rien à ce qui s'y fait au nom du Peuple. Ah ! je sais bien de quel côté mon cœur m'appelle.

— De quel côté ? demanda Bellechasse.

— Du côté de la frontière, face aux ennemis de la patrie ; là, tout Français peut y être.

— Et Pergolette ?

— Je dois la fuir et l'oublier.... Annaïk, ma sœur, me retient ; mon pauvre père est mort de douleur et de désespoir, je suis le seul soutien de ma sœur.

Bellechasse s'arrêta, et prenant avec émotion la main de Tanneguy :

— Mon ami, mon frère, lui dit-il, voulez-vous me confier le sort d'Annaïk ?

— Quoi ! vous ! fit le Breton bouleversé.

— Croyez-vous qu'on ne puisse pas encore aimer et honorer Annaïk ? demanda Bellechasse avec une simplicité grave.

Pour toute réponse, Tanneguy se jeta dans ses bras en pleurant.

— Aujourd'hui, j'ai pu vous faire cet aveu, reprit Bellechasse lorsque leur émotion fut un peu calmée, car ce jour a lui pour toute expiation. Yvonnic est arrêté.

— Yvonnic ! s'écria Tanneguy avec une satisfaction évidente.

— Oui, l'infâme bossu, en même temps qu'il livrait son ancien maître, trahissait la France ; il était parvenu à se faufiler dans les bureaux du ministère de la guerre, et il livrait nos plans aux ennemis. Dans quelques jours sa tête tombera sous la hache du bourreau.

Quatre mois après, en effet, Yvonnic, livide et mourant, était traîné à l'échafaud.

Tanneguy était à la frontière, il faisait partie de l'armée de Dumouriez.

Pergolette, transformée par l'amour, avait abandonné le luxe et les plaisirs, au milieu desquels elle avait vécu jusqu'alors, et elle avait suivi les volontaires aux défilés de l'Argonne, donnant, au milieu des combats, ses soins et ses consolations aux blessés.

Elle rachetait son passé, et attendait sa purification dans un baptême de sang.

Hélas ! elle reçut ce baptême.

Un éclat de mitraille la frappa au front au moment où elle recevait dans ses bras Tanneguy atteint lui-même de trois blessures.

Vulcain, Horatius et Burrhus, les trois gueux enfin, étaient au nombre des volontaires et assistaient à la bataille. Ils purent rendre les derniers devoirs à la pauvre femme qui expiait si cruellement les fautes d'un passé coupable.

Tanneguy marchait le premier à la tête du modeste convoi...

Il était pâle, ému et sombre.

Il avait aimé profondément cette femme dont la dépouille allait être confiée à la terre.

Il l'avait aimée avec toute la générosité, toute la virginité des sentiments d'un cœur jeune et pur.

A cette heure, il ne songeait pas à l'indignité de la femme.

Il ne songeait qu'à son amour !

C'était la première fois, la seule fois, qu'il avait été aimé aussi saintement.

Cet amour avait sanctifié Pergolette, et si elle eût vécu, peut-être y eût-il pu avoir un peu de bonheur pour elle sur cette terre.

Elle était morte !

Tanneguy avait tout oublié, pour ne se souvenir que des quelques jours bénits qu'il avait passés près d'elle.

Quand le cercueil eut été descendu dans la fosse, il s'agenouilla sur le bord de la tombe et pria.

Tanneguy était né sur une terre chrétienne, et il croyait à Dieu.

Les orgies révolutionnaires auxquelles il avait assisté n'avaient pu altérer sa croyance.

Il estimait que les âmes s'épurent dans la mort, et qu'au delà de la vie terrestre, commence une autre vie où les âmes se retrouvent et peuvent encore s'aimer.

Il se signa, étendit une main sur le cercueil, et leva les yeux au ciel.

— Mon Dieu ! dit-il alors d'une voix forte, Mon Dieu ! pardonnez-lui, comme je lui pardonne, et faites que je la retrouve dans un monde meilleur.

Puis, il se releva plus triste que la veille, mais plus fort aussi et plus résolu.

Que devint-il à la suite de cette séparation ?

L'histoire ne le dit pas.

Sa sœur était désormais confiée à l'honneur de Bellechasse ; Pergolette l'avait quitté pour les mondes inconnus.

Il restait seul avec sa douleur.

Il continua son métier de soldat, et peut-être depuis longtemps dort-il sur la terre étrangère, après avoir fait le sacrifice de sa vie à la révolution, après avoir scellé de son sang le pacte social de la France nouvelle !...

FIN.

Sceaux. — Typ. et stér. M. et P.-E. Charaire.